Julia Watts

Liebe und Rock 'n' Roll

Julia Watts

Liebe und Rock ’n’ Roll

Roman

aus dem amerikanischen Englisch
von Hilke Schlaeger

Frauenoffensive

1. Auflage, 1998

ISBN 3-88104-303-9

Druck: Clausen & Bosse, Leck
Umschlaggestaltung: Erasmi & Stein, München

Dies Buch ist gedruckt auf Papier aus chlorfrei gebleichtem Zellstoff.

1

Wenn Sie meine Lebensgeschichte aufschreiben wollen, möchte ich nicht, daß Sie sich lange dabei aufhalten, wie ich in einem Haus mit zwei Zimmern geboren wurde und in ärmlichen Verhältnissen aufwuchs und so weiter. So etwas wollen die Leute nicht lesen, es deprimiert, verstehen Sie? Und außerdem: Ist es wirklich so wichtig, wie ich geworden bin, was ich bin? Das ist ungefähr so, als wenn sich gebildete mit gläubigen Menschen über Evolution und Schöpfung streiten. Ich sage immer, worüber wir wirklich nachdenken sollten, ist, wie wir mit Anstand über die Runden kommen, wenn wir schon mal da sind.

Gehen wir also einfach davon aus, daß ich geboren wurde und irgendwie aufgewachsen bin. Es gibt keinen Grund, darauf viel Zeit zu verschwenden. Was mich angeht, gibt es nur zwei Dinge, die es wert sind, darüber zu sprechen, und das sind Musik und Liebe. Und meine Geschichte beginnt mit Musik.

Ich war zwölf, als meine Brüder Roy und Vaughn sich aus dem Sears & Roebuck-Katalog jeder eine Silvertone-Gitarre bestellten. Woher sie das Geld hatten, weiß ich bis heute nicht – vielleicht hatten sie beim Kartenspielen gewonnen oder ein Kalb gestohlen und verkauft. Ich liebe meine großen Brüder von Herzen, aber so was würde ich ihnen glatt zutrauen.

Das war eine Aufregung, als die Gitarren ankamen. Argon in Kentucky, wo wir wohnten, war damals nichts als eine Ausbuchtung der Straße. Es gab die Kohlezechen und einen kleinen Laden, der gleichzeitig Postamt war. Und wenn man ein Paket mit der Post bekam, war das immer aufregend, auch wenn das Paket nur etwas so Gewöhnliches wie neue Schuhe für die Schule enthielt.

Aber diese Silvertone-Gitarren waren das Schönste, das ich je gesehen hatte. So neu und funkelnd – ich erinnere mich, wie die Sonne sich in Vaughns Gitarre spiegelte, als er sie auf der Veranda aus ihrem Kasten hob. Und das Holz war so glatt. Als ich mit der Hand über die Rundungen der Gitarre fuhr, zitterte ich vor Freude und wußte gar nicht, warum.

„Nicht anfassen, Schwesterchen", mahnte Vaughn. „Ich will keine Fingerabdrücke drauf haben."

In dem Augenblick kam Mama auf die Veranda. Sie sah besorgt aus, wie immer. „Jungs", sagte sie und schlang die Arme um sich, als wäre es kalt. „Woher habt ihr das Geld für diese Gitarren?"

„Mama", antwortete Roy und grinste wie ein Vertreter. „Ich und Vaughn, wir haben beschlossen, uns der Musik des Herrn zu widmen."

Das war zwar keine Antwort, und ich bin sicher, Mama wußte das, aber wenn der Name des Herrn erwähnt wurde, fragte man nicht weiter, also kniff sie die Lippen fest zusammen, und dann sagte sie: „Glenda, komm rein und hilf mir beim Abwasch."

Ich wäre lieber bei den Gitarren geblieben, aber ich tat, was Mama befahl. Roy und Vaughn blieben auf der Veranda und lachten.

Es stellte sich heraus, daß Roy recht behalten sollte. Sie landeten bei der Musik des Herrn. Jeden Abend nach dem Essen saßen sie auf der Veranda, tranken heimlich Whisky aus der Flasche und suchten auf ihren Gitarren Melodien zusammen. Ich beeilte mich mit dem Abwasch, trocknete nicht mal richtig ab, damit ich nach draußen konnte und der Musik nahe sein.

Es war nicht mal gute Musik. Alles, was du über Roy sagen konntest, war: Er vermochte eine Melodie so zu spielen, daß du sie wiedererkanntest. Nicht mal das konntest du über Vaughn sagen. Je öfter Vaughn aus der Flasche trank, desto schlechter spielte er. Aber ich mußte trotzdem ganz nahe bei den Gitarren sein. Jeder Ton, der aus ihnen klang, auch die falschen Töne, sprach zu mir. Ich war wie eine dieser Kobras, die, bezaubert von der Musik, aus ihrem Korb kommen – so was zeigen sie in diesen Naturfilmen.

So saß ich jeden Abend da, die Mücken fraßen mich bei lebendigem Leib, und ich wußte nur, daß ich dort sein mußte. Und eines Abends, es war schon dunkel, die Glühwürmchen knipsten sich wirklich hübsch an und aus, und gleich würde Mama im Nachthemd herauskommen und mich ins Bett schicken – an diesem Abend machte ich zum erstenmal den Mund auf und sang.

Es passierte einfach so. Ich wußte nicht, daß ich es tun würde, da war es bereits geschehen. Roy spielte gerade „In the Sweet By and By", und es klang ziemlich gut, und plötzlich rollte diese Stimme, die ich nie zuvor gehört hatte, aus mir heraus. Oh, ich hatte vorher schon mal ein bißchen gesungen, meine Lippen zu den Liedern in der Kirche bewegt. Aber dies war anders. Es war das erste Mal, daß ich meinen Mund wirklich weit aufmachte, und meine Stimme war klar und groß – größer als ich. Sie schallte durchs Tal und hinauf zu den Bergen, und plötzlich kam ich mir wie ein Glühwürmchen vor, als wäre da ein Feuer, das mich von innen erleuchtete.

„Ich will verdammt sein, Schwesterchen, aber du kannst ja singen", sagte Roy, als wir fertig waren.

Vaughn sah mich an, als sähe er mich zum erstenmal. „Das war wirklich gut", sagte er.

Ich lachte wie eine Verrückte, weil ich gerade etwas Wundervolles entdeckt hatte, von dem ich bis zu diesem Augenblick nicht gewußt hatte, daß ich es besaß.

Mama kam im Nachthemd auf die Veranda, und statt mich aufzufordern, ins Bett zu gehen, sagte sie: „Glenda Fay, warst du das, die ich eben singen gehört habe?"

„Ja."

„Nun denn", sagte sie vollkommen sachlich. „Ich schätze, Singen ist deine Gottesgabe."

Roy und Vaughn fanden schnell heraus, wie sich meine „Gottesgabe" nutzen ließ. Als wir am nächsten Abend auf der Veranda saßen, trank Roy einen kräftigen Schluck Whisky und sagte: „Hör zu, Schwesterchen, Vaughn und ich haben darüber geredet, wie gut du singst, und wir dachten, wir könnten uns zu einer Gruppe zusammentun."

„Eine Gruppe?"

„Ja“, sagte Vaughn. „Eine Musikgruppe, verstehst du? Du könntest singen, und Roy würde Gitarre spielen, und ich könnte ein bißchen herumklimpern und versuchen, mich nicht in den Saiten zu verheddern.“

„Wir könnten in Kirchen spielen“, fügte Roy hinzu.

„In Kirchen?“ Ich mußte lachen. „Ihr zwei habt doch seit eurem Stimmbruch keine Kirche mehr von innen gesehen. Wie kommt's, daß ihr plötzlich wieder fromm werden wollt?“

Roy grinste so richtig durchtrieben. „Es geht nicht um Religion, Schwesterchen. Es geht um Geld. Du machst Musik für die Gemeinde, und dann läßt du ein Körbchen herumgehen. Liebesgaben sagen sie dazu. Freund Bobby sagt, er fährt uns im Ford von seinem Daddy von einer Kirche zur anderen, wenn er einen Anteil bekommt.“

„Aber herumzufahren und in Kirchen zu singen, bloß um den Leuten ihr Geld abzuknöpfen, finde ich nicht sehr anständig.“

„Nun werd nicht kleinlich, Glenda“, sagte Vaughn. „Bei deiner Stimme kriegen die Leute ja was für ihr Geld.“

„Und außerdem willst du doch singen“, fügte Roy hinzu. „Oder?“

Das wollte ich. Mehr als irgend etwas sonst. Und so wurde die Singende Mooney-Familie geboren.

2

In diesem Sommer traten wir in vielen Kirchen auf. Roy und Vaughn zogen die guten Hemden und Hosen an, die sie sonst auf Beerdigungen anhatten, und ich trug das dunkelblaue Kleid mit Puffärmeln, das Mama mir genäht hatte, und band mein Haar mit einem dazu passenden blauen Band zurück. Roy sagte, es sei sehr wichtig, daß ich niedlich aussähe, denn ein niedliches kleines Mädchen, das Kirchenlieder singt, brächte die Leute dazu, ohne groß zu überlegen tief in die Tasche zu greifen.

Wenn wir uns feingemacht hatten, zwängten wir uns in Bobbys Auto, und Bobby, Roy und Vaughn ließen eine Flasche Whisky kreisen, während wir die Landstraßen entlangschaukelten, die uns zu der Kirche brachten, in der wir auftreten sollten.

Wir traten in lauter kleinen Kirchen mit großen Namen auf – Das Geheiligte Zeichen der Kirche Gottes im Gesegneten Namen Jesu, so ungefähr. In der Regel hatten sie nicht mehr als sechs Bankreihen, und überall hing neben einem Gefäß mit Trinkwasser ein halber ausgehöhlter Kürbis als Schöpflöffel an der Wand.

Die Kirchen waren immer gesteckt voll mit Leuten vom Land – Frauen in bedruckten Kleidern, Männer in frischgewaschenen Overalls. Du konntest dich auf dieses Publikum verlassen. Hier, in der tiefsten Provinz, gab es ja außer dem Gottesdienst kaum eine Unterhaltung.

Und mein Gott, wie habe ich die Leute unterhalten! Manchmal wuchs ich so über mich hinaus, daß der gute alte Vaughn gar nicht mehr versuchte, mit mir Schritt zu halten, sondern bloß noch auf seiner Gitarre wie auf einer Trommel den Takt schlug.

Ich hatte mich bis dahin nicht für besonders fromm gehalten, aber wenn ich vor so einem Publikum sang, war es, als hätte etwas, das größer war als ich, Macht über mich. Und damals glaubte ich irgendwie, daß das die Macht Jesu war.

Mit dieser Macht trieb ich die Kirchengemeinden in Ekstase. Vor allem die Frauen. Wenn ich sang, war es, als befreite ich in ihnen Gefühle, die sich aufgestaut hatten, während sie kochten und Wäsche wuschen und sich um die Kinder kümmerten. Sie hüpften und klatschten in die Hände und tanzten sich in Verzückung, auch wenn sie wahrscheinlich glaubten, daß Tanzen Sünde sei. Für die fünf oder zehn Minuten, die mein Lied dauerte, waren sie frei.

Eines Abends spielten wir „In the Sweet By and By", ich sang schneller und schneller, und bevor ich noch wußte, was ich tat, lief ich den Gang auf und ab und sang wieder und wieder: „Ich möchte, daß jemand Zeugnis ablegt. Will jemand Zeugnis ablegen?"

Da stand diese Frau auf, eine von diesen hageren Frauen mit strähnigem Haar, aber ihr Gesicht leuchtete wie eine Kürbislaterne. Und als sie zu sprechen begann, war es weder Englisch noch sonst eine Sprache, die ich bis dahin oder auch später gehört hatte. Töne quollen aus ihrem Mund: „Abalala schabala mallingo."

Ich sah sie erschrocken an und wußte nicht, wie ich reagieren sollte, und auf der anderen Seite des Gangs stand eine alte Frau auf. „Sie sagt, der Heilige Geist ist heute abend über diesen Raum gekommen. Sie sagt, der Heilige Geist lebt in der Musik, und Gott benutzt die Musik, um uns dahin zu holen, wohin Er es für richtig hält."

Der Prediger rief „Lobet den Herrn!" Und dann gab es viele weitere *Lobet den Herrn* und *Preiset Jesus* und *Amen.* Ich hatte keine Ahnung, was im Anschluß an ein Werk Gottes zu geschehen habe, und so kehrte ich zu „In the Sweet By and By" zurück, und ehe ich mich's versah, standen alle und klatschten.

Roy entschied, dies sei der beste Zeitpunkt, den Spendenkorb durchzugeben, und als der zu uns zurückkam, war er bis zum Rand voll mit Dollarnoten.

Als wir endlich wieder bei unserem Auto waren – dauernd wurden wir angehalten, die Leute umarmten uns und riefen „Gott segne euch" –, griff Bobby, der nie mit in die Kirche kam, nach dem Korb und sagte: „Allmächtiger, das sind ja mindestens hundert Dollar."

„Du hättest unsere Schwester sehen sollen", erwiderte Vaughn. „Sie hat eine Mordsshow abgezogen."

„Wirklich, Schwesterchen, was war eigentlich in dich gefahren?" Roy drehte sich auf dem Vordersitz um und sah mir ins Gesicht. In der einen Hand hatte er die Whiskyflasche, in der anderen eine Zigarette. „Und sag nicht, es sei der Heilige Geist gewesen."

„Ich weiß es nicht", antwortete ich. „Ich habe bloß

gesungen." Um die Wahrheit zu sagen, ich glaubte schon, daß der Geist des Herrn auf mich herabgestiegen war, aber das konnte ich meinen Brüdern doch nicht sagen. Und außerdem ging es sie auch nichts an.

In diesem Sommer waren wir jeden Sonntag- und Mittwochabend unterwegs. Den Abend drauf gingen meine Brüder jedesmal aus und hauten das Geld, das wir eingenommen hatten, für Gottweißwas auf den Kopf. Obwohl ich die meiste Arbeit tat, bekam ich von unseren „Liebesgaben" nicht viel zu sehen. Roy, Vaughn und Bobby fanden, daß sie das Geld dringender brauchten als ich, weil sie älter waren, und außerdem war ich ein Mädchen.

Ich hätte mich wehren sollen, aber das tat ich nicht. Vor einem begeisterten Publikum singen zu können, war mir damals Bezahlung genug. Und außerdem, sagte ich mir, hatte ich im Gegensatz zu Roy und Vaughn und Bobby reine Motive.

Der Beginn dieses Sommers besteht aus schemenhaften Erinnerungen an Fahrten zu Kirchen und aus dem Wagen steigen und hoffen, daß die Leute in der Kirche nicht den Whisky und die Zigaretten im Atem meiner Brüder riechen.

Aber an die Mitte dieses Junis erinnere ich mich so deutlich wie an das, was ich heute morgen gefrühstückt habe. Mitte Juni kam Angel nach Argon, und wenn ich jetzt die Augen schließe, sehe ich immer noch jede Sommersprosse auf ihrem Gesicht.

Ich saß mit Mama auf der Veranda, wir schälten Mais. Mama arbeitete schweigend und konzentriert wie immer. Ich träumte vor mich hin und achtete nicht auf das, was ich tat, weshalb ich zu viele kleine Fasern am Mais ließ. Und plötzlich stieß Mama mich an und sagte: „Lieber Himmel, Kind, kannst du nicht wenigstens guten Tag sagen?"

Ich sah hoch, und vor mir standen ein kleiner Mann mit kalten Augen in einem dunklen Anzug und das schönste Mädchen, das ich je gesehen hatte.

Es war, als wäre sie aus meinem Tagtraum gestiegen. Da war ich den ganzen Sommer mit dreckigen Jungs herumgezogen oder hatte Mama bei der Hausarbeit geholfen, was auch kein Spaß war, weil ich Hausarbeit haßte und weil alles, worüber Mama redete, von kranken oder toten Leuten handelte.

Aber jetzt stand da dieses Mädchen mit langem, gelocktem roten Haar, wie ich es mir immer gewünscht hatte, und einem Gesicht voller Sommersprossen, die sie irgendwie freundlich aussehen ließen.

Ihre rosa Lippen kräuselten sich in einem kleinen Lächeln. „Hat es dir die Sprache verschlagen?"

Der Mann lachte. „Miss Glenda, ich bin Bruder Daniel Dixon, und das hier ist meine Tochter Angel. Die Leute haben mir erzählt, daß du die Hauptattraktion der Singenden Mooney-Familie bist."

Was mir die Sprache verschlug, war Angel. Angel. Der Name paßte zu ihr. Mama legte den Arm um mich und sagte: „Sie singt wirklich gut."

„Das habe ich gehört", dröhnte Bruder Dixon. „Ich komme direkt aus Harlan. Ein Kollege dort sagte, daß ihr hier seit einiger Zeit ohne Baptistenprediger seid, und darüber habe ich nachgedacht, und, na ja, ich denke, Sie könnten sagen, daß der Herr zu mir gesprochen hat. Kurz und gut, ich bin gekommen, um in Argon die Arbeit des Herrn zu tun."

Er blickte auf Angel herab, die ihre eisblauen Augen keine Sekunde von mir gewendet hatte. „Jedenfalls kennt meine kleine Angel niemanden hier, und ich dachte, es wäre gut, wenn ein nettes christliches Mädchen sie ein bißchen herumführt."

Ich sah Angel an, mein Gesicht wurde heiß, als bekäme ich Fieber. „Nun, da gibt's nicht viel zu zeigen", murmelte ich. „Aber ich will sehen, was ich tun kann."

Angel strahlte, als hätte sie bis zu diesem Moment nicht gewußt, ob ich sie mochte oder nicht.

Bruder Dixon drückte mir zwei Fünf-Cent-Münzen in die Hand. „Weißt du was, Miss Glenda? Ihr könnt gleich anfangen und unten im Laden auf meine Kosten 'ne Cola trinken."

„Glenda, was antwortet man?" fragte Mama.

„Danke, Bruder Dixon."

„Danken kannst du mir, indem du am nächsten Sonntag in die Kirche kommst und mich deine fabelhafte Stimme hören läßt."

Angel nahm meine Hand und führte mich die Straße hinunter. Im Gehen hörte ich, wie Mama zu Bruder Dixon sagte: „Ich weiß nicht, was das Kind heute hat. Sonst steht ihr Mund keinen Augenblick still."

Es war mir egal, ob Mama sich wunderte. Das einzige, das mir nicht egal war, war meine Hand in Angels Hand. Als wir beim Laden ankamen, wäre ich am liebsten weitergegangen, von ihr geführt und meine Hand in ihrer. Sie hätte mich glatt von Kentucky nach Tennessee führen können. Sie hätte mich führen und führen können, und wenn die Erde eine Scheibe war, wie die meisten Menschen glaubten, hätte sie mich über den Rand führen können und direkt in den Weltraum hinaus, wenn ich nur diese weiche kleine Hand festhalten durfte.

3

Du hättest Angel und mich nicht mal mit der Brechstange auseinanderbringen können. Und am Anfang fanden das alle wirklich gut. Mama gefiel es, daß noch ein Mädchen um sie war, denn sie hätte gern mehr Töchter gehabt als nur mich. Roy und Vaughn erklärten Angel, sie müsse nur ein paar Jahre bleiben, dann würden sie sich um sie prügeln. Bruder Dixon und seine Frau waren entzückt, daß ihre Tochter so schnell eine neue Freundin gefunden hatte. Sogar mein Vater, der uns Kindern sonst wenig Aufmerksamkeit schenkte, lächelte ein bißchen, wenn er Angel sah, und fragte: „Wie geht's, Rotschopf?"

Und ich selbst hätte nicht glücklicher sein können. Ich hatte meine Musik, und ich hatte Angel. Manchmal kam sie mit, wenn wir singen fuhren, und ich mußte in Bobbys Wagen auf dem Rücksitz auf ihrem Schoß sitzen, damit wir alle hineinpaßten. Sie schlang ihre Arme um mich, damit ich nicht zu sehr hin und her geschleudert wurde, und ich lehnte mich an sie und verbarg mein Gesicht in ihrem süß duftenden Haar, bis ich meinte, die Welt durch einen roten Wasserfall zu sehen.

Wenn Angel mitkam, gab ich tatsächlich mein Bestes. Ich sah sie in der ersten Reihe sitzen und mich anlächeln, und es war, als würde mein ganzer Körper zu Gesang. Die

Liebe Gottes war die einzige Liebe, von der ich bisher gehört hatte, deshalb glaubte ich irgendwie, daß ich die Liebe Gottes fühlte, während ich sang und dabei Angel ansah.

Was aber fühlte ich, wenn ich im Wagen auf Angels Schoß saß und mein Gesicht in ihrem Haar verbarg? Das einzige, das ich über dieses Gefühl wußte, war, daß es sich gut anfühlte.

Angel fühlte es auch. Einmal verbrachte ich die Nacht bei ihr zu Hause. Wir lagen in ihrem Bett unter ihrer rosa gemusterten Bettdecke, und sie fragte: „Warst du schon mal im Kino, Glenda?“

„„Ein paarmal, als wir Mamas Verwandtschaft in Morgan besucht haben. Mama ging viel ins Kino, bevor sie Daddy kennenlernte. Sie hat mich nach einer Filmschauspielerin genannt, weißt du.“

Angel war eine Weile ganz still, so daß ich schon glaubte, sie hätte lieber ein einfaches Ja oder Nein als Antwort gehört. Dann sagte sie: „Du weißt, wie sich Männer und Frauen im Kino küssen – wenn sie sich umarmen und die Augen schließen und ganz langsam ihre Lippen nähern? So wie Tarzan und Jane?“

„Ja.“

„Manchmal möchte ich das mit dir tun.“

Ich dachte eine Weile darüber nach. „Glaubst du, wir könnten?“

Angel lachte. „Wir haben doch Lippen, oder?“

„Doch, ja, ich überlege nur, weißt du... ob es falsch wäre.“

„Ich kann nichts Falsches darin sehen. Ich meine, wir

lieben beide Jesus, und wir lieben uns im Geist wahrer Freundschaft, oder?“

„Ja.“

„Nun, dann weiß ich wirklich nicht, was daran falsch sein sollte. Es kommt mir nicht halb so schlimm vor, als wenn deine Brüder auf der Fahrt zur Kirche sich so betrinken, daß sie kaum noch laufen können.“

Wir kicherten, wie nur zwölfjährige Mädchen kichern können. Dann wurden wir beide ganz still, und Angel sah mich an. Ich fühlte mich zittrig und erregt und verlegen gleichzeitig.

Sie strich sich das Haar aus dem Gesicht. „Komm her, Glenda“, flüsterte sie.

In jenem Sommer lernte ich zwei Dinge kennen, für die ich den Mund öffnen mußte: Singen und Küssen. Ich kann wirklich nicht sagen, was davon mir im Leben mehr geholfen hat. Wenn mir heute jemand sagte, es sei Schluß mit Singen und Küssen, könntest du im nächsten Fluß nach meiner Leiche suchen.

Wir küßten uns die ganze Nacht. Wir küßten uns, bis die Sonne zum Schlafzimmerfenster hereinströmte und unsere Lippen so geschwollen und ausgetrocknet waren, daß wir Salbe draufschmieren mußten. Wir hörten nicht auf, uns zu küssen, bis Angels Mutter an die Tür klopfte und sagte, es sei Zeit, aufzustehen und sich für die Kirche fertigzumachen. Wir glaubten nicht, daß irgend jemand zwischen dem Küssen in der Nacht und dem Kirchgang am Morgen einen Widerspruch sehen würde. Für uns paßte es wunderbar zusammen. Wir liebten uns, und wir liebten Jesus.

Der Ärger begann an dem Abend, an dem Bruder Dixon mich aufforderte, mich taufen zu lassen. Angel und ich saßen in ihrer Küche und aßen Brot mit Milch, da kam Bruder Dixon herein und sah sehr ernst aus.

„Miss Glenda", sagte er. „Eben sitze ich da an meinem Schreibtisch und lese in der Schrift, wie ich es jeden Abend tue. Und plötzlich muß ich daran denken, daß ich nicht weiß, ob du getauft bist."

Ein Klumpen Maisbrot steckte in meiner Kehle. „Was meinen Sie damit, Bruder Dixon?"

„Nun, ich dachte daran, daß ihr hier zwei Jahre ohne Pastor gewesen seid, bevor ich kam. Stimmt doch?"

„Ja, Sir."

„Und ich dachte daran, daß Angel erst getauft wurde, als sie zehn war, und das, obwohl sie ihr Leben lang mit einem Pastor zusammen war. Das brachte mich zu der Frage, ob du überhaupt Gelegenheit hattest, getauft zu werden."

Ich schob die Schüssel mit Brot und Milch von mir. „Nein, Sir." Um die Wahrheit zu sagen, ich war insgeheim froh gewesen, als der alte Pastor ging, denn wenn er das nicht getan hätte, hätte ich früher oder später getauft werden müssen. Das Problem ist nämlich, ich habe vor Wasser Todesangst. Das war so und wird immer so bleiben. Ich kann bis heute nicht schwimmen. Und in Argon wurde die Taufe nicht in großen Badewannen vorgenommen, wie man es heute macht. Sie tauchten dich einfach in den Fluß.

„Nun denn." Bruder Dixon lächelte breit. „Ich denke, dann werden wir dich jetzt taufen müssen. Ich weiß, du hast Jesus dein Herz bereits geschenkt, also gibt es keinen Grund, die Sache auf die lange Bank zu schieben. So ist es doch?“

Ich sah Angel an. Wenn ich mich nicht taufen ließ, würde ihr Vater ihr verbieten, mit mir befreundet zu sein. Wenn es überhaupt jemand gab, deretwegen ich in einen Fluß springen würde, dann Angel.

„Ja, Sir“, sagte ich.

„Gepriesen sei der Herr!“ rief er so laut, daß ich hochfuhr. „Weißt du was, Miss Glenda? Am nächsten Sonntag werde ich sowieso ein paar Leute taufen. Wie wär's, wenn du dabei wärst?“

„Gewiß.“

Für den Rest der Woche versuchte ich, den Gedanken an die Taufe zu verdrängen. Damals glaubte ich, es wäre bloß meine Angst vor Wasser, aber möglicherweise ängstigte mich auch die Vorstellung, mein Leben Jesus zu weihen. Vielleicht wollte ich schon damals, daß mein Leben mir gehört und nicht Jesus oder sonst jemandem.

Am Mittwoch kam Angel mit, als Roy und Vaughn und Bobby und ich zum Singen fuhren. Es war das einzige Mal, daß wir losfuhren, um zu singen, und nichts daraus wurde. Von der Gemeinde wußten wir nur, daß sie weit weg lag. Der Prediger, ein kleiner Mann mit einem Gesicht wie eine Ratte, hatte uns bei einer Versammlung gehört und in seine Kirche eingeladen.

Wie sich herausstellte, sah sie überhaupt nicht wie eine Kirche aus, sondern eher wie ein mittelgroßer Schuppen aus Teerpappe. Es gab keinen Hinweis oder sonst was, daß das Gebäude eine Kirche war, nur ein aus Lattenresten zusammengenageltes Kreuz. Trotzdem war es drinnen gesteckt voll. Es gab keine richtigen Kirchenbänke, sondern selbstgezimmerte Holzbänke ohne Lehne, auf denen die Leute so dichtgedrängt saßen, daß du dich fragtest, ob sie nicht irgendwas Verbotenes taten.

Der rattengesichtige Prediger stand schon vorn und verbreitete sich darüber, wie die Gottlosen auf ewig in den Flammen der Hölle schmoren. Als er uns sah, nickte er uns trotzdem freundlich zu. Die Bänke waren alle besetzt, deswegen lehnten Roy und Vaughn sich einfach an die Wand, und Angel und ich setzten uns auf eine große Holzkiste, die am Eingang stand.

Der Prediger war mehr in die eigene Stimme verliebt als jeder andere, den ich gehört hatte. Er hüpfte auf und ab und rannte hin und her, schlug mit der Faust auf das klapprige Pult und schrie „Lobet den Herrn" und „Gott ist ein guter Gott, stimmt's?"

Angel flüsterte mir ins Ohr: „Irgendwas scheint ihn schrecklich aufzuregen, aber ich weiß ums Verrecken nicht, worüber er predigt."

Er redete und redete, und wir wurden schon ganz kribbelig. Ich rutschte mit dem Hintern auf dem harten Holz hin und her, Vaughn knabberte an seinen Fingernägeln, und Roy klimperte mit dem Kleingeld in seiner Hosentasche. Ob der Prediger uns vergessen hatte?

Die Antwort sollten wir nie erfahren, denn nach weiteren fünfzehn Minuten Geifern und Schimpfen sagte Pastor Rattengesicht: „Und nun, meine Brüder und Schwestern, ist die Zeit gekommen, daß wir unseren Glauben prüfen. Und wie uns der Herr gesagt hat, werden wir dazu Schlangen benutzen.“ Er machte eine Pause und sah Angel und mich an. „Würden die zwei jungen Damen bitte von der Kiste mit den Schlangen aufstehen.“

Blitzartig kamen wir von der Kiste runter. Es war, als wenn du deine Finger von einem glühend heißen Herd wegziehst – du mußt überhaupt nicht nachdenken, du machst es einfach, so schnell du kannst. Wir sprangen von der Kiste runter und zur Tür raus und rein ins Auto und schrien wie am Spieß. Roy und Vaughn folgten uns auf dem Fuß. Ein Wunder, daß sie ihre Gitarren nicht vergaßen.

„Nichts wie weg, Bobby“, sagte Roy. „Ein beschissener Haufen verrückter Pfingstler.“ Er drehte sich um und grinste Angel und mich an. „Hoffentlich habt ihr Mädels euch nicht in die Hose gemacht.“

„Würdest du es schlimm finden, wenn...?“

Er grinste noch mehr. „Weiß nicht, Schwesterchen. Weiß wirklich nicht.“

Wir fuhren nach Hause. Irgendwo auf der Strecke fragte Vaughn: „Bobby, ist noch was vom Whisky übrig? Ich glaube, diese Schlangenbeschwörer haben mich nüchtern geängstigt.“

Den ganzen Weg lachten wir und nahmen uns gegenseitig hoch, wer es am eiligsten gehabt hätte, ins Freie zu kommen. Es war lustig, aber da war noch etwas. Nach dem, was dann am Sonntag passierte, habe ich den Trip zu dieser Schlangenbeschwörergemeinde immer für eine Art Omen gehalten. Da hatte ich geglaubt, Angel und ich wären sicher und geborgen, und die ganze Zeit hatten wir auf einer Kiste mit Schlangen gesessen.

Die Nacht vor meiner Taufe war ich bei Angel. Es war geplant, daß ich am Morgen mit den Dixons zum Fluß gehen und meine Familie uns dort treffen sollte. Ich weiß nicht, was in dieser Nacht in Angel und mich fuhr, aber kaum war das Licht aus, war sie über mir wie eine Ente über einem Junikäfer. Und wir machten sehr viel mehr als nur uns zu küssen wie im Kino.

„Zieh dein Nachthemd aus, Glenda", flüsterte Angel.

Warum nicht, fand ich. Am Morgen würden sowieso all meine Sünden weggewaschen werden. Ich zog mein Hemd über den Kopf, und Angel tat das gleiche. Das rote Haar fiel über ihre milchweißen Schultern, die im Mondlicht fast blau wirkten. Und im Unterschied zu mir hatte sie schon so etwas wie einen kleinen Busen.

Es war himmlisch, sich so zu küssen, Brust an Brust, Bauch an Bauch, Hüfte an Hüfte. Wir wußten nicht wirklich genug, um mehr zu tun, als abwechselnd mal oben, mal unten zu liegen, aber das war schon genug. Das war schon sehr viel.

Am Ende mußten wir überm Küssen eingeschlafen sein, denn das nächste, woran ich mich erinnere, war Bruder Dixon, der die Tür aufriß und rief: „Aufstehen, Kinder, sonst kommt ihr zu spät in die Kir –" Das Wort Kirche brachte er nicht mehr zu Ende, denn was er im Schlafzimmer seiner Tochter erblickte, mußte ihm vorkommen, als wäre er eben in Sodom und Gomorrah gelandet.

Ich denke, er und ich sahen Angels Nachthemd im gleichen Moment. Es lag direkt vor seinen Füßen zusammengeknüllt auf dem Boden. Ich sah Angel an, und natürlich hatte sie keinen Fetzen am Leib und versuchte, mit der Bettdecke ihre Blöße zu bedecken. Mein Nachthemd lag am Fußende des Betts, und ich streifte es über, so schnell ich konnte.

Bruder Dixon warf Angel ihr Hemd zu und wandte sich zu mir. Sein Haar war feuerrot, und seine Augen brannten wie Schwefel. „Du – du Hure!“ bellte er. „Nein, schlimmer als eine Hure – nicht mal eine Hure würde sich zum eigenen Geschlecht legen!“

Bevor ich wußte, wie mir geschah, hatte Bruder Dixon mich aus dem Bett gehoben, aus Angels Zimmer geworfen und die Tür zugeknallt. Während ich zusammengekrümmt im Flur am Boden lag, hörte ich das Mädchen, das ich liebte, schreien. „Nicht, Daddy! Nicht!“ Dann hörte ich die Schläge.

„Du glaubst, du bist zu alt für Prügel, du Flittchen?“ brüllte Bruder Dixon. „Du weißt doch, was in der Bibel steht – wer die Rute spart, verzieht das Kind!“ Und wieder hörte ich ihn zuschlagen.

Ich rappelte mich auf, entschlossen, die Tür einzutreten, um meine geliebte Angel vor diesem Verrückten zu retten, der sich als Prediger ausgab. Gerade als ich mich gegen die Tür werfen wollte, griffen mich von hinten zwei Arme. Ich riß mich los und wirbelte herum. Es war Mrs. Dixon, die Augen voller Tränen.

„Wie –“ Ich unterdrückte nur mühsam mein Schluchzen. „Wie können Sie zulassen, daß er sie schlägt?“

Mrs. Dixon sah mich an, als hätte sie die Frage nicht verstanden. „Er ist der Mann, Glenda. Er weiß es am besten. Eines Tages wirst du das verstehen.“

Sie zuckte zusammen, denn hinter der geschlossenen

Tür war wieder Schreien zu hören. „Und jetzt wirst du dich waschen und anziehen. Wir müssen uns beeilen."

Mein Magen zog sich vor Angst zusammen. Daß Bruder Dixon mich an diesem Morgen taufen wollte, hatte ich ganz vergessen.

Ich ging zum Fluß wie eine Todgeweihte. Niemand sagte etwas, und Angel sah mich nicht an. Die Ohrfeigen hatten ihre sommersprossigen Wangen gerötet, und sie ging, als täte ihr Hintern weh.

Mama und Daddy, Roy und Vaughn waren schon da, als wir ankamen. Und auch die beiden, die außer mir getauft werden sollten, samt ihren Familien. Heute frage ich mich, warum ich nicht einfach zu Mama rannte und ihr alles erzählte, damit sie mich vom Fluß und von Bruder Dixon wegbrachte. Vielleicht dachte ich, ich verdiente die Strafe. Vielleicht wollte ich Angel nicht allein lassen. Vielleicht war ich einfach auch nur zu verängstigt.

Was auch immer der Grund war, ich stand da wie die Jungfrau von Orleans oder so, und die anderen beteten und sangen „Shall We Gather at the River". Als Bruder Dixon in den Fluß watete und sich sein erstes Opfer vornahm – Daisy Adkins, eine ältere Lady, die ihr Leben zum zweitenmal Jesus weihen wollte –, betete ich, daß ein Blitzstrahl mich träfe oder sonst etwas passierte, das es mir ersparte, ins Wasser zu müssen.

Daisy Adkins Taufe verlief ohne besondere Vorkommnisse. Bruder Dixon sagte einfach „Ich taufe dich im Namen des Vaters, des Sohnes und des Heiligen Geistes", hielt ihr ein Taschentuch vor die Nase und tauchte sie kurz unter.

Ebenso verfuhr er mit Old Man Cooper. Hätte ich doch auch so ein Glück, flehte ich.

Aber Bruder Dixon packte mich an der Hand und zerrte mich ins tiefe Wasser. Seine kalte, knochige Hand hielt mich so fest, daß ich glaubte, er würde mir das Handgelenk brechen. *Bitte, Jesus,* betete ich. *Bitte, lieber Jesus, mach, daß er mich nur kurz untertaucht, und ich werde nie wieder ein Mädchen küssen.*

Bruder Dixon packte mich noch fester. Ich sah zu ihm auf, sein Gesicht war hochrot, und die Adern auf seiner Stirn traten bedrohlich hervor. „Vor uns steht eine Sünderin", donnerte er. Alle waren sehr überrascht, vor allem meine Mutter, die sich wahrscheinlich fragte, was ich getan haben sollte, außer daß ich zuviel redete.

„Eine Sünderin in den Augen Gottes", fuhr Bruder Dixon fort. „Eine Sünderin in den Augen der ganzen Gemeinde." Er packte mich an den Schultern und durchbohrte mich mit seinen kohlschwarzen Augen. „Aber du darfst dich glücklich preisen, Glenda Mooney, denn du stehst vor Jesus, der die Kraft hat und die Macht – jawohl, die Macht! –, deine Sünden abzuwaschen und deine schmutzige, stinkende Seele zu reinigen!" Er tauchte mich unter und hielt mich fest. Mein Kopf war unter Wasser, braunes Wasser drang mir in Augen, Mund und Nase.

Ich mußte etwas tun, also griff ich nach seiner Hand, drehte meinen Kopf und biß ihn, so kräftig ich konnte. Er riß seine Hand weg, und ich kam mit dem Kopf gerade lange genug über Wasser, um Old Man Cooper schreien zu hören: „Lobet den Herrn! Der Dämon hat ihren Körper verlassen und ist in seinen gefahren!"

Ich keuchte und spuckte, und Bruder Dixon bekam meinen Arm zu fassen und rief: „Glaub ja nicht, daß du gereinigt bist, Fräuleinchen!“

Genau da hörte ich zwei Platscher. Vaughn und Roy waren ins Wasser gesprungen. Roy warf sich zwischen Bruder Dixon und mich, als spielten wir Fangen. Vaughn half mir an Land, und Roy versetzte Bruder Dixon einen solchen Hieb auf das Kinn, daß er rückwärts in den Fluß kippte.

Sobald ich am Ufer war, fiel ich auf die Knie und kotzte Wasser und Schlamm.

Das war das letztemal, daß meine Familie irgendwas mit der Baptistengemeinde von Argon zu tun hatte. Mama und Daddy schrieben den fatalen Verlauf meiner Taufe dem Umstand zu, daß Bruder Dixon „nicht von hier“ war. Roy und Vaughn stimmten mit mir überein, daß er einfach verrückt war.

Noch heute, als Erwachsener, erinnert sich Roy mit schiefem Grinsen an diesen Tag. „Ein Traum wurde wahr, Schwesterchen“, hat er mal zu mir gesagt. „Ich wollte schon immer einem Pastor eins in die Fresse geben.“

4

Angel und ich entfremdeten uns irgendwie nach meiner Taufe. Also genau gesagt, sie entfremdete sich von mir. Ich habe ihr das nie übel genommen – nach der Prügel von ihrem Vater, als er uns zusammen im Bett gefunden hatte. Ich denke, sie beschloß, sich zur eigenen Sicherheit von mir fernzuhalten.

Ich verging vor Gram. Ich hörte auf, in Kirchen zu singen, weil mir weder nach Singen noch nach Kirchen zumute war, und Roy und Vaughn waren wütend auf mich, weil ich bei ihrem Plan, schnelles Geld zu machen, nicht mehr mitspielte. Den Rest des Sommers saß ich bloß auf der Veranda – der Veranda, auf der ich gesessen hatte, als ich Angel zum erstenmal sah, auf der ich zum erstenmal gesungen hatte.

Ich hoffte die ganze Zeit, wenn ich nur lange genug sitzen blieb, würde etwas Wunderbares geschehen, würde ich zurückbekommen, was ich verloren hatte.

Eines Abends setzte sich Mama zu mir. „Ich habe dir ein Brötchen und Sirupsaft gebracht", sagte sie. „Du hast ja kaum was gegessen."

Ich sah nicht mal auf.

„Ich mache mir wirklich Sorgen um dich, Glenda Fay." Sie rückte ihren Stuhl näher an meinen. „Und ich möchte nicht, daß du dich wegen dieser Geschichte am Fluß von Jesus abwendest, mein Kind."

Mamas Gesicht war vor Kummer ganz zerknittert. In dem Moment tat sie mir leid, denn sie wollte mir so gern helfen und konnte es nicht. Damals habe ich wahrscheinlich nicht sehr viel über mich gewußt, aber ich wußte, daß Mama noch weniger von mir verstand.

„Im Laden haben sie heute erzählt, daß die Dixons nach Harlan zurückgehen. Ich denke, es hat sich herumgesprochen, daß er nicht ganz richtig im Kopf ist."

Mein Herz sackte in den Magen. Ich hatte begriffen, daß Angel aus meinem Leben verschwunden war, aber ich hatte doch geglaubt, sie von Zeit zu Zeit wenigstens sehen zu dürfen und mich daran zu erinnern, wie ihr wundervolles rotes Haar duftete.

„Du wirst andere Freundinnen finden, Glenda Fay. Ich weiß, daß du das nicht glaubst, aber es ist so. Viele Freundinnen, und hübsch wie du bist, wird es nicht mehr lange dauern, bis die Jungs uns die Tür einrennen, um dir den Hof zu machen."

„Mama, warum gehst du nicht wieder rein? Ich möchte allein sein."

Ihr Gesicht fiel auseinander, und ich wußte, ich hatte sie verletzt. Aber ich mußte allein sein. Je mehr sie redete, um so tiefer sank ich. „Du kommst auch besser ins Haus, bevor die Mücken dich auffressen", murmelte sie. Die Fliegentür knallte hinter ihr zu.

Ich war sowieso schon nervös, deshalb ließ das Geräusch mich auffahren. Und da ich nun schon auf den Füßen stand, begann ich zu laufen. Ich ging die Verandastufen hinunter und die Straße entlang, die Angel und ich an unserem ersten Tag gegangen waren. Ich ging zum Laden, wo mein Vater mit anderen Männern auf der Veranda saß, sie tranken Limo und spielten Dame und lachten. Daddy war damit beschäftigt, eine Zigarette zu drehen, er sah mich nicht mal.

Ich ging immer weiter. Ich wußte nicht, wohin ich ging, nur daß ich gehen mußte. Ich ging bis zur Baptistenkirche und kam zu Angels Haus. Zu meiner Überraschung blieb ich nicht stehen. Ich ging einfach weiter. Ich ließ die Hütten hinter mir, in denen die Bergarbeiterfamilien hausten, überquerte die Eisenbahnschienen und kam dahin, wo nur noch Wellblechbaracken standen.

Mama und Daddy hätten mich erschlagen, wenn sie gewußt hätten, wo ich war, aber das war mir egal.

Dann hörte ich es, gleichmäßig wie ein Herzschlag. Da-*da*-da-da-damp. Da-*da*-da-da-damp. Ich folgte dem Geräusch bis zum Waldrand. Da stand eine Eiche. Ich kletterte hinauf, so hoch es ging, und sah mich um.

Sie saßen auf der Lichtung – sechs schwarze Männer. Ein Großer spielte Gitarre, er machte das Da-*da*-da-da-damp, und die Stimme, die aus ihm herausströmte, war so tief und traurig, daß ich das Gefühl hatte, sie käme direkt aus seiner Seele. Und das Lied, das er sang, handelte nicht von Jesus wie die meisten Lieder, die ich kannte, sondern von der Liebe zu einer Frau und ihrem Verlust.

Nun könntest du annehmen, daß ein solches Lied mich nur noch trauriger gemacht hätte, aber nein. Mein Herz löste sich aus meinem Magen, breitete seine Flügel aus und flog um den Baum, auf dem ich saß, wie die sprichwörtliche Glücksdrossel. Befreiung war in dieser Musik. Halleluja, wollte ich rufen. Lobe – ja, wen?

In dem Augenblick wußte ich, daß die Macht in mir nicht die Macht Gottes war, auch wenn sie vielleicht von Gott kam. Was ich in mir hatte, war die Macht der Musik.

Und das galt auch für den Mann da unten. Was er sang, raste durch meine Adern, strömte in meine Glieder und durchfuhr mich wie ein Blitzstrahl. Wen loben? Die Musik! Die Musik war in mir, und ich wußte, ich mußte ihr folgen, wohin sie mich führte – und in diesem Moment war das: nach Hause.

Ich kletterte vom Baum und rannte, so schnell ich konnte. Ich sprang über die Gleise, raste an Angels Haus, der Kirche und dem Laden vorbei. Als ich auf der Veranda ankam, war ich schweißüberströmt, und mein Herz hämmerte Da-*da*-da-da-damp, aber ich war kein bißchen erschöpft. Ich schoß ins Wohnzimmer, und Mama sah von ihrer Näharbeit auf und sagte: „Glenda Fay, was zum Teufel ist in dich gefahren?“

Da war sie, genau wo ich mich erinnerte. Ich machte den Kasten auf und nahm Vaughns schimmernde Silvertone-Gitarre heraus. Ihn würde es nicht kümmern, er rührte sie sowieso nicht mehr an. Ich hielt ihren Hals in meiner linken Hand und bettete ihre Rundung auf mein Knie. Sie paßte perfekt.

5

Ich hing an der Gitarre wie ein Neugeborenes an der Muttermilch. Als ich fünfzehn war, konnte ich ein Lied im Radio hören und es sofort nachspielen. Seit jenem Abend, an dem ich hinter den Gleisen gewesen war, tat ich nichts als Gitarrespielen. Kein Wunder, daß ich gut war.

Nachdem Angel gegangen war, versuchte ich gar nicht erst, neue Freundinnen zu finden, weil mir klar war, daß jedes Mädchen, mit dem ich etwas anfing, nur ein billiger Ersatz sein konnte. Und da Mama vorausgesagt hatte, die Jungs würden mir die Tür einlaufen, achtete ich sorgfältig darauf, keins dieser Pickelgesichter zu grüßen.

Mama sagte, ich sollte mich vielleicht besser nicht als so schwer zu kriegen darstellen. Ich antwortete: „Mama, ich will nicht schwer zu kriegen sein. Ich will *unmöglich* zu kriegen sein.“ Keine Freundinnen, keine Freunde – übrig blieben nur ich und meine Gitarre.

In der Schule saß ich still auf meinem Platz, lauschte der Musik in meinem Kopf und träumte davon, ein Star in dem einzigen Radioprogramm zu sein, das ich nie ausließ. *Shady Grove Barn Dance* war eine Livesendung, die jeden Samstag aus Shady Grove mitten im Staat Kentucky übertragen wurde.

Barn Dance war ein Programm mit Countrymusik mit

dem Geiger Lonesome Joe Whitcomb, dem Western- und Cowboy-Sänger Rusty Perkins und der großartigen Komikerin Miz Lucindy, deren ständige Redensart „Also ich muß sagen, ich glauuube“ für die Hörer zu einem Erkennungssignal geworden war.

Am meisten aber beeindruckte mich die Sängerin Maggie Waters, die von gebrochenem Herzen und Verlassenwerden sang. Ich schloß die Augen und stellte sie mir auf der Bühne vor, in einem schimmernden taubenblauen Abendkleid, mit wallendem braunen Haar wie ein Filmstar. Ich hatte sie nur im Radio gehört, also hatte ich keine Ahnung, wie sie wirklich aussah, ich stellte sie mir nur so vor. Und es dauerte nicht lange, und ich stellte mir mich selbst auf der Bühne vor, wie ich diese Songs sang und das wundervolle Abendkleid trug.

Damals lebte ich in einer Phantasiewelt und wartete nur darauf, daß irgend etwas Tolles passierte. Mama sagte, ich wäre so verträumt, daß es nicht mehr zum Aushalten wäre.

Wie sich herausstellte, sollte Roy es sein, der einen Weg fand, wie meine Träume Wirklichkeit werden konnten. Er hatte zu der Zeit schon die Schule geschmissen und arbeitete in der Zeche. Eines Abends saß ich auf der Veranda, und er kam die Straße heruntergerannt. Er hatte Feierabend und war von Kopf bis Fuß pechschwarz, bis auf das Weiße seiner Augen. Daß er so rannte, erfüllte mich mit Schrecken. Normalerweise kam er wie alle anderen hundemüde aus der Grube gekrochen.

Ich sprang auf und rief: „Roy, alles in Ordnung? Doch hoffentlich kein Unfall?“

Er fiel auf einen Stuhl und nahm einen kräftigen Schluck aus seiner Flasche. „Nee, Schwesterherz", sagte er schließlich. „Gute Nachrichten. Ich denke, es wird Zeit, daß du von der Veranda runterkommst."

„Was soll das heißen?"

„Ein paar Kumpel haben heute mittag davon geredet, daß die Leute von *Shady Grove Barn Dance* am Samstag nach Morgan kommen. Sie gehen überall herum und probieren Leute aus, die in die Show sollen. Talentsuche, verstehst du?"

Ich konnte es nicht fassen. Hier direkt vor mir war die Chance, mein Leben in der Gegenwart zu leben, statt die ganze Zeit von den Vielleichts in der Zukunft zu träumen. „Roy, da muß ich hin."

Er grinste und klopfte mir aufs Knie. „Ich weiß, Schwesterchen. Ich fahr' dich hin. Du mußt dir nur überlegen, was du singen willst."

Das Vorsingen für *Barn Dance* fand in der Aula der Highschool von Morgan statt. Als Roy und ich eintrafen, merkten wir schnell, daß aber auch wirklich alle ins Radio wollten. Ich hatte noch nie so viele Menschen auf einem Haufen gesehen. Die Aula war gesteckt voll mit Leuten aus der Stadt und vom Land, und beinahe alle hatten wie ich einen Gitarrenkasten dabei.

Plötzlich kam ich mir sehr albern vor. Da hatte ich die ganze Zeit geglaubt, etwas Besonderes zu sein, weil ich singen wollte, dabei wünschte ich mir nur, was alle anderen sich auch wünschten.

„Allmächtiger", sagte ich. „Roy, sieh bloß die Leute."

„Ganz ruhig, Schwesterchen. Ich wette, du singst besser als alle zusammen."

Ich bekam nasse Hände und mußte mal für kleine Mädchen. „Roy, ich glaube, das steh' ich nicht durch."

Roy sah mich sehr ernst an, was so gut wie nie vorkam. „Schwesterherz, du redest Scheiße, und du weißt es. Dein ganzes Leben hast du dir nichts anderes gewünscht. Abgesehen davon, ich hab' dich hergefahren, und wir gehen hier nicht weg, bevor du vor diesen Leuten gesungen hast."

Eine Frau in einem adretten Kostüm saß am Eingang der Aula an einem Tisch. Roy schob mich zu ihr. Ich hielt mich am Tischrand fest.

„Wollen Sie zum Vorsingen, Miss?" fragte sie.

Ihr professionelles Auftreten und der rosa geschminkte Mund machten, daß ich mich wie das größte Bauerntrampel aller Zeiten fühlte.

Ich sah an meinem selbstgeschneiderten Baumwollkleid runter und auf meine abgenutzten billigen Schuhe. „Ich... ich bin hier, um für *Barn Dance* vorzusingen."

„Ihr Name bitte."

„Oh", sagte ich, als müßte ich länger nachdenken, bevor mir mein Name einfiel. „Glenda Mooney."

„M-o-o-n-y?

„E-y."

Sie notierte meinen Namen am Ende einer langen Liste. „Bitte nehmen Sie in der Aula Platz, Miss Mooney, wir rufen Sie dann auf."

„Danke."

Erst als ich schon weit weg war, merkte ich, daß ich

meine Gitarre auf ihrem Tisch vergessen hatte, und kam mir noch trampeliger vor.

Roy und ich suchten uns einen Platz ganz weit hinten. „Mein Gott“, sagte er. „Du bist ja wirklich ein Nervenbündel.“

„Erzähl mir lieber was, das ich noch nicht weiß.“

„Hast du das Stadtmädchen gesehen, das hinter dir stand? Die mit dem blonden Haar?“

„Was?“ Ich war viel zu sehr mit meiner Angst beschäftigt, als daß ich irgend etwas gesehen hätte.

„Sie sah gut aus“, sagte Roy. „Wahrscheinlich geht sie hier auf die Highschool. Wetten, daß sie einen Jungen vom Lande wie mich nicht mal grüßen würde.“

Die Vorstellung, auf eine so große Schule zu gehen wie die Highschool von Morgan, war zu hoch für mich. Das Schulhaus in Argon hatte drei Zimmer. Im einen saßen die Klassen 1 bis 4, im zweiten die Klassen 5 bis 8 und im dritten die Klassen 9 bis 12. Der 9-bis-12-Raum war fast leer, denn da waren die meisten Jungen schon abgegangen, um im Bergbau zu arbeiten, und viele Mädchen hatten bereits geheiratet.

Die Highschool in Morgan wirkte riesig. An den Wänden der Aula stand ein Schließfach am anderen, und sie hatte mindestens zweihundert Plätze. Ich schüttelte mich bei dem Gedanken, daß so ziemlich alle, die auf diesen Plätzen saßen, mit mir konkurrierten.

Dann kam die Frau, die am Tisch gesessen hatte, auf die Bühne, ihre hohen Absätze machten klick, klick, klick. „Wir können anfangen“, sagte sie ins Mikrofon. „Bitte melden Sie sich, wenn Ihr Name aufgerufen wird. Jeder Auftritt ist auf drei Minuten begrenzt. Außerdem ersuchen wir das Publikum, nicht zu klatschen, denn Beifall verlängert nur das Verfahren."

Manchmal gab es nicht die geringste Versuchung, zu klatschen, wie im Fall der Frau mit der toupierten Hochfrisur, die wie ein Maultier, dem etwas weh tat, „Rock of Ages" grölte. Oder der alte Mann, der zu glauben schien, er müsse zum Radio, weil er seinen Kautabak über die ganze Bühne spucken und damit ein Bullauge einschlagen konnte. Nicht daß er kein Talent gehabt hätte, aber sein Talent würde im Radio bestimmt nicht so gut rüberkommen.

Das Beste, das ich hörte, kam von Emily Cole, dem blondhaarigen Mädchen, die Roy so gefallen hatte. Als sie aufgerufen wurde, ging sie auf die Bühne und sang „Wayfaring Stranger" mit einer Stimme, die klar und rein wie ein Bergbach war.

Dann wurde ich aufgerufen, und es kam mir vor, als ob ich Jahre brauchte, bis ich auf der Bühne angekommen war. Bisher hatte ich ja nur in kleinen Kirchen gesungen und noch nie auf einer richtigen Bühne. Den Anblick von da oben werde ich nie vergessen – Reihen um Reihen Gesichter, die nur darauf warteten, was ich tun würde und ob ich gut wäre oder nicht.

Die Dame, die mich aufgerufen hatte, saß in der ersten Reihe, neben ihr ein dicker Mann im weißen Anzug und ein dünner Mann mit Cowboyhemd und Cowboyhalstuch. Das war die Jury, und bei ihrem Anblick wußte ich, daß ich besser gut war.

Ich war gut. Ich hing meine Gitarre um, neigte mich

zum Mikrofon und stürzte mich in „Goin' Down the Road Feelin' Bad". Meine Stimme war vielleicht nicht so klar und sprudelnd wie die des blondhaarigen Mädchens, aber sie war voller Emotion – Emotion, die aus meinem Mund strömte und in meinen Fingern kribbelte, die in die Saiten griffen.

Ich sah ins Publikum und wußte, ich hatte sie. Wären wir in der Kirche gewesen, sie hätten in Zungen gesprochen.

Alle mit Ausnahme der Juroren. Was sie dachten, war nicht zu erkennen. Sie kritzelten eifrig auf ihren Clipboards, und als ich fertig war, sagte die Dame nur Danke, was sie zu allen anderen auch gesagt hatte.

Nachdem alle vorgesungen hatten, kündigte die Dame an, daß die Jury ihre Entscheidung in einer halben Stunde bekanntgeben werde, wenn wir bis dahin warten wollten. Wenn wir bis dahin warten wollten! Als wenn wir die ganze Plackerei auf uns genommen hätten, um dann nicht wissen zu wollen, ob wir es geschafft hatten. Die Jury zog aus der Aula aus, und alle anderen liefen umher und redeten aufgeregt.

„Schwesterchen, komm mit raus, ich muß eine rauchen", sagte Roy.

Ich folgte ihm wortlos. Ich war ein Nervenbündel. Ich mußte immer denken, wie schrecklich es wäre, wenn ich nicht genommen würde. Daran geschnuppert zu haben, wie es ist, auf einer richtigen Bühne zu stehen, und dann nach Argon zurück zu müssen und weiter in den Tag zu träumen, während ich Mama bei der Hausarbeit half... das wäre zu grausam.

„Du bist ja weiß wie ein Laken, Schwesterchen. Alles in Ordnung?"

„Bloß nervös, das ist alles."

„Ich wüßte nicht, warum du nervös sein solltest. Du und diese Emily, ihr wart mit Abstand die besten."

„Aber was ist, wenn sie zwischen ihr und mir wählen müßten? Wen würdest du wählen?"

Roy grinste. „Also, Schwesterchen, du solltest nie einen Mann sich zwischen seiner Schwester und einem blonden Mädchen aus der Stadt entscheiden lassen." Er zog seinen Flachmann aus der Hosentasche, und zu meiner Überraschung bot er ihn mir an. „Hier, trink einen Schluck. Es beruhigt die Nerven."

Ich schraubte den Verschluß ab und schnupperte an der Flasche.

„Das ist kein Rasierwasser, Schwesterchen. Nicht riechen, trinken."

Ich trank und fühlte, wie langsam ein angenehmes Brennen von meiner Zunge durch die Kehle bis in meinen Bauch kroch. Ich trank noch mal.

„Hallo, Schwesterchen. Ich sagte, 'nen Schluck, nicht die ganze Flasche. Du willst doch nicht torkeln, wenn du reingehst, oder?"

Die halbe Stunde zog sich endlos dahin, als sie vorbei war, gingen alle wieder hinein, wie Kühe, die auf die Schlachtbank sollen. Als alle ihre Plätze eingenommen hatten, kam die Dame auf die Bühne, ihr Clipboard fest umklammert. „Erstens möchte ich Ihnen unsere Jury vorstellen – Lonesome Joe Whitcomb und Rusty Perkins von *Barn Dance*."

Der Mann im weißen Anzug und der Mann im Cowboyhemd drehten sich um und winkten.

Ich konnte nicht fassen, daß ich vor Leuten aufgetreten war, die ich, solange ich denken konnte, jeden Samstagabend im Radio gehört hatte.

Die Dame fuhr fort: „Und ich bin Eva Mitchell, bei *Barn Dance* Mädchen für alles. Ich möchte Ihnen sagen, daß uns Ihre Darbietungen heute alle sehr gefallen haben. Unglücklicherweise für die meisten von Ihnen konnten wir nur drei auswählen, bei *Barn Dance* mitzumachen."

Plötzlich war es, als gäbe es keine Luft mehr im Raum, weil alle gleichzeitig den Atem anhielten.

Sie räusperte sich. „Ausgewählt wurden Billy Joe Macon..." Er verdiente es. Er spielte wirklich gut Mandoline. „Emily Cole..." Ich hatte ja gewußt, daß sie sie mir vorziehen würden, aber ich klatschte trotzdem. Singen konnte sie ja. „Und Glenda Mooney." Ich klatschte weiter, als wäre Glenda Mooney jemand anderes. Dann begriff ich, daß ich gemeint war. Ich umarmte Roy. Vom Whisky war mir immer noch warm, und ich lachte und weinte gleichzeitig. Ich war so glücklich.

Miss Mitchell fuhr fort: „Die drei, deren Namen ich gerade genannt habe, bleiben bitte noch da, damit wir mit ihnen reden können. Den anderen danken wir für ihr Kommen."

Die Aula leerte sich blitzartig.

Der Kautabak spuckende Mann schrie: „Nie wieder werde ich diesem Hundesohn Whitcomb zuhören."

„Das ist noch gar nichts", brüllte ein anderer. „Wenn ich zu Hause bin, hau ich mein Radio in Klump."

Roy erklärte, er würde draußen auf mich warten, und plötzlich waren Billy Joe Macon, Emily Cole, die Juroren und ich allein.

„Also, Kinder“, bellte Joe Whitcomb. „Kommt her, damit ich euch anschauen kann.“ Wir gehorchten. „Was die meisten, die *Shady Grove Barn Dance* hören, nicht wissen: Die Sendung gehört mir. Ich habe sie ins Leben gerufen, und ich bin derjenige, der heuert und feuert. Ihr werdet hart arbeiten, und ihr werdet tun, was ich sage, dann habt ihr den Job. Verstanden?“

„Jasir“, sagten wir wie aus einem Mund.

„Gut. Miss Mitchell hat eure Verträge. Ihr fangt mit zwanzig Dollar die Woche an. Am fünften April müßt ihr antreten, also kündigt alle anderen Sachen vorher. Wir werden für euch eine Unterkunft besorgen, darum müßt ihr euch also keine Gedanken machen. Bei *Shady Grove Barn Dance* sind wir alle eine große Familie, und für unsere Kinder sorgen wir.“ Er grinste und zeigte dabei sein Pferdegebiß. „Also, dann unterschreibt die Verträge.“

Um die Sache zu feiern, lud Roy mich ins Dixie Diner ein. Ich war zum erstenmal in einem Restaurant. In Argon gab es keins, und außerdem sagte Daddy immer, auswärts essen wäre rausgeworfenes Geld. Ich war sehr aufgeregt und kicherte albern, als die Kellnerin meine Cola brachte. Ich saß in einem Restaurant in der Stadt, auf dem Weg, ein Star zu werden. Ich aß zwei Currywürste, eine Tüte mit Kartoffelchips und gefrorenen Apfelkuchen. Es war das Beste, was ich je gegessen hatte.

6

Da Sie eine gebildete Person sind, denken Sie wahrscheinlich, daß Mama und Daddy einen Wutanfall bekamen, als ich ihnen sagte, ich würde die Schule aufgeben und zu *Barn Dance* gehen. Aber sie zuckten nicht mal mit der Wimper. In Argon war es normal, daß Kinder die Schule aufgaben – die Jungs, um zu arbeiten, die Mädchen, um zu heiraten –, und daß ich die Schule verließ, um zum Radio zu gehen, war wenigstens was Besonderes. Mama und Daddy sagten allerdings auch nicht, daß sie stolz auf mich wären. Sie waren Leute aus den Bergen, und Leute aus den Bergen regen sich nicht auf, weder über Gutes noch über Schlechtes.

Mädchen aus den Bergen hin oder her, ich war aufgeregt. Immer hatte ich mir gewünscht, etwas Besseres zu sein als die Frau eines Bergarbeiters, eingesperrt in einer kleinen, mit Kohlenstaub bedeckten Hütte. Und an jenem Aprilmorgen nach meinem sechzehnten Geburtstag, als Roy und Vaughn mich zum Neun-Uhr-Bus brachten, mit dem ich von Morgan nach Shady Grove fahren sollte, wußte ich, daß ich auf dem Weg zu etwas Besserem war. Wenigstens zu etwas anderem, was mir damals schon reichte.

Die Fahrt im Greyhound dauerte fast viereinhalb Stunden. Mit dem Auto wären es höchstens drei gewesen, aber der Bus hielt natürlich an jeder Milchkanne. Ich saß neben einer alten Lady, die nach Harroldsburg fuhr, um ihre Schwester im Krankenhaus zu besuchen. „Du meine Güte", sagte sie immerfort. „Sie war noch nie besonders gesund."

Als sie fragte, wohin ich unterwegs war, hielt ich meine Gitarre hoch und sagte, ich führe nach Shady Grove zum Rundfunk. Die alte Dame gackerte und schlug sich auf den Schenkel. „Haben Sie noch so einen auf Lager?" lachte sie.

Miss Mitchell holte mich am Busbahnhof ab. Sie trug ein kesses senfgelbes Kostüm. „Ich hoffe, du hattest eine gute Fahrt, Glenda."

„Ja, Ma'am."

„Also, die meisten unserer Neulinge kommen erst mal in Irma Willards Pension unter. Die liegt direkt gegenüber von *Barn Dance.* Das ist besonders praktisch, wenn man kein Auto hat. Außerdem gibt Mrs. Willard *Barn Dance*-Mitgliedern einen Sondertarif. Wäre das was für dich?"

„Ja, Ma'am." Ich war das erstemal von zu Hause weg und hatte keine Ahnung, und wenn Miss Mitchell gesagt hätte, ich sollte auf dem Fußboden schlafen, hätte ich es getan.

Mrs. Willards Pension – und Mrs. Willards Person – stellten sich als wirklich nett heraus. Es war ein großes weißes Haus mit Schaukelstühlen auf der vorderen Veranda, die ihm ein richtig gemütliches Aussehen gaben. Mrs. Willard war groß, drall, ungefähr fünfzig und bleichte ihr Haar. Sie sah aus, als wäre sie mit einer Zigarette in der

Hand auf die Welt gekommen. „Nun sieh dich bloß an, Kind“, sagte sie, als sie mich begrüßte. „Dich müssen wir wohl erst mal hochpäppeln, damit du in die hübschen Kleider paßt, die du bei *Barn Dance* tragen wirst. Wie alt bist du, Schätzchen?“

„Sechzehn.“

„Sechzehn, mein Gott. Ich geb’ dir das Zimmer neben meinem, dann kommen die Jungs gar nicht erst auf Ideen. Du bist hoffentlich nicht der Typ, der Jungs auf Ideen bringen will, oder?“

„Nein, Ma’am“, sagte ich, von meiner Antwort mehr überzeugt als von allem, was ich bisher in Shady Grove gesagt hatte.

„Das ist gut. Das hier ist nämlich ein ordentliches Haus.“

Miss Mitchell lachte. „Nun, Glenda, ich glaube, du bist in guten Händen. Komm um halb acht zur Halle, für die Neulinge liegen Freikarten bereit. Nach der Vorstellung nehmen wir dich mit hinter die Bühne, damit du die anderen kennenlernst, und Lonesome Joe will auch noch ein paar Worte an die jungen Leute richten, wie er euch nennt. Also... wir sehen uns um halb acht.“

„Danke, Ma’am.“ Ich kam mir vor, als wäre ich aus meinem Leben heraus- und in ein anderes hineingetreten. Nur noch wenige Stunden, und ich würde die *Shady Grove Barn Dance*-Show sehen. Nur noch wenige Tage, und ich würde dort auftreten.

„Gütiger Himmel, du siehst ja aus, als hätte man dich mit der Axt erschlagen“, sagte Mrs. Willard. „Soll ich dir nun dein Zimmer zeigen oder nicht?“

„O ja, Ma'am. Entschuldigung" Ich nahm den Gitarrenkasten und meinen kleinen Koffer und folgte ihr die Treppe hinauf.

„Du spielst Gitarre?" fragte sie. „Mein verstorbener Mann spielte auch Gitarre bei *Barn Dance*. Scheint, als hätte ich mein Leben lang für Gitarrenspieler gesorgt."

In dem einfachen Zimmer standen ein schmales Bett aus Ahorn, eine dazu passende Kommode und am Fenster mit selbstgenähten weißen Gardinen ein alter Schaukelstuhl. Es war schlicht, aber sauber, und es war meins. Nie zuvor hatte ich ein eigenes Zimmer gehabt. Es war ein schönes Gefühl.

„Glaubst du, du wirst es hier aushalten, Schätzchen?"

„O ja, Ma'am. Es ist schöner als alles, was ich kenne."

„Nun, das ist gut. Das Badezimmer ist am Ende des Flurs rechts. Mach immer die Badewanne sauber, wenn du fertig bist."

„Ja, Ma'am."

„Frühstück gibt's um halb acht, Mittagessen um halb eins und Abendbrot um halb sechs. Ich erwarte dich. Wie ich schon sagte – wir müssen ein bißchen Fleisch auf deine Knochen bringen."

Ich hatte ja nicht viel auszupacken: drei Kleider außer dem, das ich anhatte, ein Nachthemd, Socken, etwas Unterwäsche, eine Haarbürste, eine Zahnbürste, ein Stück Seife und eine Flasche Shampoo. Das war alles, aber ich brauchte endlos, das bißchen zu arrangieren – immer aufs neue legte ich meine Sachen zusammen und in die Kommode und rückte meine Toilettenartikel darauf hin und her. Ich faltete sogar meine Unterwäsche! Von heute aus klingt das verrückt, aber damals war es für mich sehr wichtig, einen eigenen Raum und eigene Sachen genau so geordnet zu haben, wie ich es mir vorstellte. Privatheit gehört zum Luxuriösesten, das es im Leben gibt, und dieses kleine bescheidene Zimmer in Mrs. Willards Pension gab mir den ersten Vorgeschmack darauf.

Im *Barn Dance*-Zuschauerraum saß ich neben Emily Cole. Ich war so aufgeregt, daß ich kaum stillsitzen konnte, und versuchte, mit Emily eine Unterhaltung anzufangen. „Ich kann kaum glauben, daß ich jetzt endlich all die Leute, die ich im Radio gehört habe, in Natur sehe."

„Oh, du hast die Show vorher noch nicht gesehen?"

„Hm. Du denn?"

Sie warf ihr Haar zurück wie eine gelangweilte Prinzessin. „Ach, mein Daddy hat mich öfter mitgenommen. Ich war auch schon in *Opry.*"

Da ich nicht verraten wollte, daß ich bisher nicht weiter als von Argon nach Morgan gekommen war, beschloß ich das Thema zu wechseln. „Ich fand, du warst beim Vorsingen wirklich gut."

Man sollte annehmen, daß sie nun ihrerseits etwas Nettes über mein Singen gesagt hätte, und sei es auch nur aus Höflichkeit, statt dessen erklärte sie: „Nun, ich bin Solistin im Chor der Baptistengemeinde von Morgan. Mein Daddy ist dort Pastor."

Eine Stimme in meinem Kopf sagte: *Sie ist die Tochter eines Predigers. Halt dich um Himmels willen von ihr fern.*

Aber es war so voll, daß ich nur ins Freie hätte gehen können, und ich wollte doch auf keinen Fall die Show verpassen.

In dem Moment gingen die Lichter aus, was mich davor bewahrte, weiter mit Emily reden zu müssen, und Lonesome Joe Whitcombs Stimme erklang mit den Sätzen, mit denen die Show immer begann, genau wie ich es jeden Samstagabend, an den ich mich erinnern konnte, gehört hatte.

Ihr Pas und Mas und auch ihr Jungen,
Laßt die Arbeit liegen, zieht die Schuhe aus,
klopft den Takt mit und seid gut drauf,
Denn Shady Grove Barn Dance wird jetzt beginnen.

Es war wie ein Wunder. Die Lichter auf der Bühne gingen an, und da standen Lonesome Joe Whitcomb und seine Band vor einer Dekoration aus Heuballen und altmodischem Farmergerät. Er fing an zu fiedeln, die Band fiel ein, und die Musik erfüllte mich, bis ich glaubte, aufstehen und tanzen zu müssen. Seltsam war nur, daß niemand tanzte, obwohl es sich doch um Tanzmusik handelte. Und es gab zum Tanzen auch keinen Platz, also blieben alle auf ihren Plätzen sitzen. Wenn ich die Sendung im Radio hörte, hatte ich immer geglaubt, dazu würde getanzt.

Lonesome Joe und seine Band waren nicht mal das Beste. Maggie Waters kam auf die Bühne und sang so traurig und süß „Heartbreakin' Man", daß ich eine richtige Gänsehaut bekam.

Sie war kleiner und rundlicher, aber auf ihre Art fast noch schöner, als ich mir vorgestellt hatte. Allerdings hätte ich sie immer noch lieber in einem taubenblauen Abendkleid gesehen als in diesem gelben Baumwollkleid. Aber sie hätte auch einen Mehlsack anhaben können – ihre Stimme war vollkommen.

Als sie das Lied beendet hatte, kam Lonesome Joe auf die Bühne und nahm ihre Hand. „Ich sage euch das nur ungern, Leute“, erklärte er. „Aber dies ist Maggies letzter Auftritt in *Barn Dance.* Irgendso ein alter Knabe kam vorbei und hat sie uns gestohlen, und nun meint sie, sie will ein paar Kinder, denen sie vorsingen wird. Maggie, Gott segne dich, und wir alle wünschen dir alles Gute dieser Welt. Leute, Applaus für Miss Maggie Waters, bevor sie davonläuft und heiratet.“

Alle standen auf und klatschten. Ich hätte fast geweint, weil ich doch so gehofft hatte, mit Maggie Waters zusammenzuarbeiten, und weil ich überhaupt nicht verstand, wie sie einfach aufhören konnte, ein Radiostar zu sein, und statt dessen heiraten und Kinder kriegen. Würde ihr der Beifall fehlen? Niemand steht auf und klatscht, bloß weil du die Windeln wechselst.

Trotzdem konnte ich nicht lange traurig sein, denn nachdem Maggie Waters von der Bühne gegangen war, kündigte Lonesome Joe „das kleine Mädchen aus Possum Creek mit dem neuesten Klatsch. Miz Lucindy Jane“ an.

Miz Lucindy stolzierte herein. Sie war ein toller Anblick: ein dralles Mädchen mit Zahnlücke und langen honigblonden Zöpfen. Sie trug ein absolut altmodisches Blümchenkleid, billigen Modeschmuck und die klobigsten Schuhe, die du dir vorstellen kannst. Sie trat ans Mikrofon und sah mit weit aufgerissenen Augen ins Publikum. „Also ich muß sagen, ich glauuube“, quietschte sie, und alle lachten und klatschten. „Ich glaube, so viele

Leute habe ich seit dem Gemeindepicknick, bei dem Cousin Boyce die Wassermelone mit Mondschein festnageln wollte, nicht mehr auf einem Haufen gesehen."

Sie grinste und wartete, bis alle ausgelacht hatten. „Ich muß euch unbedingt erzählen, was Onkel Devoy passiert ist. Ihr kennt alle Onkel Devoy, nehm' ich mal an."

Applaus.

„Also, eines Tages kommt der County-Entwicklungsinspektor auf Onkel Devoys Farm und sagt, er will Onkel Devoys Schweine begutachten. Onkel Devoy sagt: ‚Gut, Sir, ich wollte sowieso die Schweine gerade runter zum Wasser bringen. Ich denke, Sie kommen einfach mit.' Dazu müßt ihr wissen, Onkel Devoy hat zehn Schweine. Also holt er ein Schwein und bringt es runter zum Bach. Dann bringt er das Schwein zurück und holt das nächste und führt es zum Bach. Und so ging es weiter, er holt eine Sau, bringt sie zum Wasser und wieder zurück in den Stall. Beim siebten Schwein war der Inspektor das Runter- und Zurücklaufen ganz schön leid. Also sagt er zu meinem Onkel: ‚Würde es nicht viel Zeit sparen, wenn Sie die Schweine alle auf einmal zum Wasser brächten?' Mein Onkel Devoy sagt: ‚Nun, Sir, das macht keinen Unterschied. Schweine haben viel Zeit.'"

Ich lachte, bis ich nicht mehr konnte. Miz Lucindys Geschichte erinnerte mich an so viele Leute aus Argon. Ich mußte sie unbedingt kennenlernen.

Nach der Show kam Miss Mitchell und brachte Emily und Billy Joe und noch ein paar Neuerwerbungen, die ich noch nicht kannte, und mich hinter die Bühne. Die Musiker klopften uns auf den Rücken und sagten „Fein, daß ihr hier seid“ und solche Sachen. Ich war so benommen von allem, daß ich mit Schmackes mit einer großen Frau in einem Tweedkostüm zusammenstieß. „Oh, das tut mir aber leid“, sagte ich.

Sie bückte sich und murmelte: „Die verdammte Zigarette ist runtergefallen.“ In dem Moment erkannte ich sie. Sie sprach zwar ganz anders, aber ihr Haar hatte das gleiche Blond, und die Lücke zwischen den Schneidezähnen war auch da.

„Was, Sie sind Miz Lucindy!“ kreischte ich. „Oh, ich *liebe* Sie. Sie haben mir so viele Leute zu Hause ins Gedächtnis gerufen –“

Sie sah Miss Mitchell an, die neben mir stand. „Wer ist dieses Trampel?“ knurrte sie.

„Susan, das ist Glenda Mooney, eine unserer Neuen. Glenda, das ist Susan Wilson. Sie *spielt* Miz Lucindy.“

„Na, dann alles Gute für dich, mein Kind. Du wirst es brauchen. Das hier ist ein abgefucktes Irrenhaus.“

Sie rauschte davon, und ich stand da mit offenem Mund, eben ein Trampel.

Miss Mitchell legte den Arm um mich. „Ich glaube, Mr. Whitcomb möchte mit dir und Emily in seiner Garderobe sprechen.“

Sie klopfte für uns an die Tür. Lonesome Joe rief „Herein“, er trug seine weiße Hose und ein Unterhemd. Miss Mitchell schob uns durch die Tür. „Na, wie geht's, Sweetie und Salty?“

„Ich verstehe nicht“, sagte ich.

„Sweetie und Salty“, dröhnte er. „Ich habe über eure Stimmen nachgedacht. Miss Emily, du hast eine richtig süße Stimme, und du, Miss Glenda, hast eine salzige Stimme. Du weißt schon, mit so einem kleinen Biß darin. Ich glaube, ich weiß, was wir mit dieser Kombination anfangen. Ihr werdet zusammen singen. Sweetie und Salty Cole, die Cole-Sisters."

„Aber wir sind keine Schwestern", sagte Emily in einem Ton, der verriet, daß sie mich kein bißchen mehr mochte als ich sie.

„Ach, das macht nichts. Es kommt nur darauf an, daß das Publikum glaubt, ihr seid Schwestern."

„Irgendwie hatte ich gehofft, meinen Namen behalten zu können", sagte ich.

„Schätzchen, ist doch egal, ob es dein Name ist oder nicht. Es ist doch immer noch deine Stimme, oder?"

„Also..."

„Vertraut mir, Mädchen. Ich bin länger in diesem Gewerbe als ihr. Ich erkenne ein Duo, wenn ich es sehe, und ihr seid die Cole-Sisters."

Ich sah meine neue Schwester an und lächelte unsicher. Der Geschwisterkampf hatte gerade begonnen.

7

Sie hätten sehen sollen, was sie uns anzogen. Kaum hatte Lonesome Joe Emily und mir unsere neue Identität verpaßt, beauftragte er die *Barn Dance*-Schneiderin, passende Kostüme für uns zu nähen. Und am nächsten Morgen hatten wir jede ein mit Rüschen besetztes Baumwollträgerkleid, Emilys rosa-weiß kariert, meins blau-weiß. Wir trugen sie auf der Probe, und Emily sah ganz ordentlich aus. Das Rosa paßte zu ihren rosigen Wangen und ihrem blonden Haar, und sie war die Art Mädchen, die Rüschen tragen können, ohne sich lächerlich zu machen. Ich dagegen, mit schwarzen Zöpfen und blaukariert, sah ziemlich daneben aus. Jedenfalls war das nicht der Glamour, auf den ich gehofft hatte.

Das Outfit war nur ein Teil in Lonesome Joes üblem Plan. Er hatte auch beschlossen, daß wir beide Gitarre spielten. Für mich ging das in Ordnung, aber Emily konnte keinen Ton treffen.

„Also, Schätzchen", sagte Lonesome Joe und grinste Emily an, wie dreckige alte Männer hübsche blonde Mädchen angrinsen. „Du brauchst doch einfach nur so zu tun, als ob du spielst, die gute Salty macht das schon."

Unnötig zu sagen, daß ich mit diesem Arrangement nicht glücklich war. Ich hatte meinen Eltern schon geschrieben, daß ich unter Emilys Nachnamen auftreten würde, damit sie mich erkannten, wenn sie mich im Radio hörten. Nun stellte sich heraus, daß ich die war, die die Musik machte, und Prinzessin Sweetie würde trotzdem den Ruhm einheimsen.

Ich überlegte, ob es was ausmachen würde, wenn ich lernte, bei Lonesome Joe mit den Wimpern zu klimpern wie Emily. Wahrscheinlich nicht. Es gibt Mädchen, die schaukeln die Dinge auf diese Weise, aber Mädchen wie ich ließen besser die Finger davon.

Als am Nachmittag die Probe zu Ende war, beschloß ich spazierenzugehen. Ich kannte Shady Grove noch nicht, und außerdem mußte ich eine Weile für mich sein, um mich wieder wie Glenda Mooney zu fühlen statt dieser Salty Cole. Ich machte mich auf den Weg in die Stadt. Die war weiter weg, als ich gedacht hatte. Ich lief und lief und rechnete jeden Augenblick mit der Zivilisation, aber alles, was ich sah, waren Wiesen voller Kühe.

Plötzlich hörte ich ein schwirrendes Geräusch, und als ich mich umdrehte, sah ich ein Auto, wie ich es noch nie gesehen hatte. Es war ein brandneues Cabrio, glänzend rot wie ein frisch gepflückter Apfel.

Es hielt an, und hinterm Steuer saß Lucind... Susan Wilson. Sie schob die verspiegelte Sonnenbrille auf die Nase, um mich genauer zu betrachten. „He – das ist ja Wendy, richtig?“

„Glenda.“

„Ach ja, natürlich. Old Langweiler Joe läßt dich unter einem grauenhaften Bühnennamen auftreten, habe ich gehört.“

Ich grinste verlegen. „Ja, Salty Cole. Der irreste Name von der Welt."

Ihr Lachen war rauh und tief. „Nein, Schätzchen. Der irreste Name von der Welt ist Miz Lucindy Jane. Auch den hat Joe erfunden."

Plötzlich ging mir auf, daß wir, keine vierundzwanzig Stunden nachdem sie mich hinter der Bühne nicht mal angesehen hatte, uns freundschaftlich unterhielten. „Bitte verstehen Sie mich nicht falsch, Miss Wilson, aber warum sind Sie so nett zu mir?"

Wieder lachte sie. „Also wirklich, niemand kann behaupten, daß du um die Sache herumredest." Sie zog eine Zigarette aus der Jackentasche und zündete sie mit einem silbernen Feuerzeug an. „Ich wollte gestern nicht unhöflich sein, hatte nur einen schlechten Tag. Ich hatte meine Tage bekommen, meine Mutter hatte am Telefon gesagt, was für eine Enttäuschung ich sei, und ein Mitglied der Band hatte mir auf den Arsch geklopft. Nimm dich vor den Musikern in acht, Glenda – sie fallen aus heiterem Himmel über dich her."

Mein Unterkiefer muß ziemlich weit runtergehangen haben. Noch nie hatte ich eine so offen über ihre Periode reden hören, von der Beschwerde über ihre Mama ganz zu schweigen. Ich wußte nicht, was ich sagen sollte, also sagte ich gar nichts.

„Soviel zu meiner Entschuldigung. Miss Mitchell sagte, ich sollte mich entschuldigen, also bitte." Sie seufzte, als wäre Höflichkeit sehr anstrengend. „Nimmst du sie an?"

„Was?"

„Meine Entschuldigung, Herrgottnochmal."

„Oh, natürlich."

„Du weißt nicht, wie du mich einschätzen sollst, stimmt's?"

„Jedenfalls habe ich jemand wie Sie noch nie kennengelernt."

Sie lachte lauthals und schlug begeistert auf das Lenkrad. „Ich wette, das stimmt. Wohin gehst du?"

„Ich laufe nur so vor mich hin."

„Warum laufen, wenn es auch anders geht? Ich fahre in die Stadt zum Schnapsladen. Willst du mit?"

Ohne weiter nachzudenken, sprang ich in den Wagen, bevor Susan es sich anders überlegen konnte.

Es war wie im Kino: das schimmernde rote Auto und ich neben dieser wunderbaren Frau. Der Aprilwind fuhr mir durchs Haar, das Leben war toll.

Noch vor wenigen Monaten war der Winter in Argon kalt und grau gewesen, und ich, in eine Decke gehüllt vor dem Kohleherd sitzend, hatte mir so etwas nicht mal träumen können. Immer wenn ich das Wort *Frühling* höre, muß ich an diesen vollkommenen Augenblick denken – mit Susan auf dem Weg nach Shady Grove.

Das Zentrum von Shady Grove war größer als Argon, aber das war auch alles, was du dazu sagen konntest. Es gab ein Lebensmittelgeschäft, einen Drugstore, ein billiges Kaufhaus und ein Postamt. Und den Schnapsladen – oder die Wein- und Spirituosenhandlung, wie auf dem Aushängeschild stand.

„Brauchst du irgendwas?" fragte Susan, als sie vor dem Geschäft parkte.

„Ich bin erst sechzehn", antwortete ich.

„Ich habe nicht gefragt, wie alt du bist, sondern ob du was brauchst."

„Ach... ich glaube nicht." Ich hatte keine Ahnung, was ich brauchen könnte. Der einzige Alkohol, den ich je getrunken hatte, stammte aus dem Flachmann meines Bruders, und da hatte ich den Eindruck gehabt, er war selbstgebrannt.

Kurz darauf kam Susan aus dem Laden, unterm Arm eine Flasche in einer braunen Tüte. „Das ist ein Dreiviertelliter Bourbon vom Feinsten. Du bist herzlich eingeladen, mit zu mir zu kommen und ihn zu probieren. Und wenn du kneifen willst, komm mir nicht mit deinem zarten Alter."

„Weshalb wollen Sie einen mit mir trinken? Sie haben doch gesagt, ich sei ein Trampel."

„Das bist du auch, aber es sieht aus, als könntest du ein lustiger Trampel sein. Anders als diese kleine bibelschwenkende Langweilerin, die Langweiler Joe als deine Schwester ausgeben will."

Ich lachte. „Es ist einfach nicht fair. Mein ganzes Leben habe ich mir eine Schwester gewünscht, und jetzt sitze ich mit Emily Cole da. Wahrscheinlich stimmt die Redensart – paß auf, was du dir wünschst; es könnte in Erfüllung gehen."

Susan grinste, wobei der kleine Spalt zwischen ihren Schneidezähnen sichtbar wurde. „Komm, Glenda, laß uns einen trinken."

Susans Wohnung lag über dem Bekleidungsgeschäft. Sie war klein, nur ein Raum, eine Kochnische und ein winziges Bad, aber hübsch eingerichtet. Eine neue Schlafcouch, ein nierenförmiger Couchtisch, auf dem ein Haufen Zeitschriften lag – nicht die billigen Magazine, die Mama manchmal las, sondern so hochgestochene wie *The New Yorker* und *Vanity*. Es gab auch ein Bücherregal voller Bücher.

Aber was meine Aufmerksamkeit am meisten erregte, waren ein leibhaftiger Plattenspieler und ein Regal mit Platten.

„Sie haben einen Plattenspieler", quietschte ich und vergaß ganz, daß ich cool bleiben wollte.

„Such dir was aus. Wir können uns anhören, wozu du Lust hast."

Ich berührte die Schallplatten, als wären sie aus zerbrechlichem Kristallglas. Ich hatte noch nie eine Platte in der Hand gehabt, und allein der Gedanke, auf diesen kleinen Vinylscheiben ließe sich etwas so Persönliches wie Musik festhalten, elektrisierte mich. Ich wußte überhaupt nicht, wo ich anfangen sollte.

Susan reichte mir ein Glas. „Sie haben ja sogar Aufnahmen von Schwarzen", sagte ich.

„Ja", lachte sie. Wahrscheinlich amüsierte sie, wie sehr mich beeindruckte, was für sie selbstverständlich war. „Hast du schon mal Billie Holiday gehört?"

„Ich kenne nicht mal seinen Namen."

„Ihren, genau gesagt." Sie wühlte in den Plattenalben. „Ja, ich glaube, das solltest du hören."

Wir saßen und schwiegen und lauschten. Billie Holidays Stimme war sanft und heiß und kühl gleichzeitig, wie der Bourbon auf Eis, der durch meine Kehle glitt. Als die Platte zu Ende war, fragte ich: „Wie heißt diese Musik?"

Susan schnurrte das Wort *Jazz.*

„Jazz“, wiederholte ich. Mir gefiel das Wort, und ich sagte es noch mal. „Jazz.“

Danach legte sie Mozart auf. „Das ist klassische Musik“, erklärte sie. „Das bedeutet, der Mensch, der sie geschrieben hat, ist lange tot.“

Mozart war leicht und luftig wie das Gefühl, das sich durch den Bourbon in meinem Kopf breitmachte. Plötzlich mußte ich kichern.

„Was ist los, Glenda?“

„Ach, nichts. Ich mußte nur gerade denken, daß Sie überhaupt nicht wie Miz Lucindy sind.“

„Miz Lucindy ist nur eine Rolle. Und ganz bestimmt nicht meine Lieblingsrolle. Sie geht mir auf die Nerven, aber Gott schütze sie, sie zahlt meine Miete, und also kann ich nicht klagen. Manchmal komme ich mir wie eingesperrt vor – eingesperrt durch Miz Lucindy.“

„Sie spielen sie nicht gern?“

„Nein, eigentlich nicht.“ Susan holte die Bourbonflasche vom Küchentresen und stellte sie auf den Couchtisch. „Du mußt wissen, ich bin wirklich Schauspielerin. Ich habe am Midland College Schauspiel studiert. Kennst du Midland?“

„Kann ich nicht behaupten.“ Die einzigen Leute mit Collegebildung, die ich kannte, waren meine Schullehrerinnen, und die waren nur auf dem staatlichen Lehrercollege gewesen.

„Es ist ein großkotziges kleines Juniorcollege für großkotzige reiche kleine Mädchen. Die können sogar ihr Pferd mitbringen. Du siehst, Glenda, ich bin kein Trampel, sondern ein großkotziges reiches kleines Mädchen. Jedenfalls bin ich so aufgewachsen. Nach dem College habe ich nicht einen großkotzigen reichen kleinen Jungen geheiratet, wie von mir erwartet wurde, sondern bin nach New York ausgerissen, um meine Schauspielerinnenkarriere zu verfolgen." Sie leerte ihr Glas und füllte es wieder. „Bis nach einem Jahr kein Geld mehr da war. Da hieß es heim zu Mommy und Daddy, ihre Ställe ausmisten und sich anhören, was für eine Versagerin ich sei. Und dann sah ich in der Zeitung, daß für *Shady Grove Barn Dance* eine Country-Komikerin gesucht wurde, und ich dachte, zum Teufel, etwas Besseres als der Tod findet sich allemal."

„Und was sich fand, war Miz Lucindy?"

„Genau. Das alte Mädchen ist mein Segen und mein Fluch. Sie macht mich von meinen Eltern unabhängig, und das ist gut. Aber wenn es mit rechten Dingen zuginge, spielte ich die Medea."

Ich hatte keine Ahnung, wer Medea war, also nickte ich nur und lächelte.

„Aber du, Glenda. Ich wette, du bist glücklich, weil dein Traum sich erfüllt hat."

Ich haßte es, so leicht durchschaubar zu sein. „Ganz so ist es nicht", antwortete ich. „Eigentlich wollte ich als Glenda Mooney rauskommen, nicht als eine Hälfte in einem erfundenen Schwesternpaar."

„Aber so ist es." Susan goß Bourbon in mein Glas. „Der Ruhm kommt nie so, wie wir wünschen." Sie hob ihr Glas und stieß mit mir an. „Wir müssen es nehmen, wie es kommt. Und wenn wir uns dabei zu Vollidioten machen."

An Susan war etwas Trauriges, das ich nicht definieren konnte. Aufgewachsen mit allem, was sie sich wünschen konnte, eine berühmte Komikerin mit einer Wohnung voller Bücher und Platten, und immer noch nicht glücklich. Ich wußte nicht, sollte ich sie in den Arm nehmen oder sie ohrfeigen.

Die Platte war zu Ende, und sie legte eine neue auf. „Dies", sagte sie und setzte den Tonabnehmer auf, „dies ist der Blues."

Ich erkannte es wieder. Das gleichmäßige Da-*da*-da-da-damp, das ich an jenem Abend im Wald gehört hatte, die tiefe, klagende Stimme – nur daß es diesmal eine Frauenstimme war. Der Blues. So also hieß das. Und Frauen konnten es auch. Schweigend und voller Respekt hörte ich zu, wie in der Kirche.

Als der Song vorbei war, flüsterte Susan den Namen. „Bessie Smith."

Abgefüllt mit Musik und Bourbon, wie ich war, erzählte ich ihr, wie ich geglaubt hatte, die Musik des Herrn singen zu sollen, bis zu jenem Abend, an dem ich zum erstenmal den Blues gehört hatte, ohne zu wissen, was ich hörte, und wie der Geist der Musik mich so ergriffen hatte, daß ich nach Hause rennen und meines Bruders Gitarre stehlen mußte.

Susan tätschelte mir den Arm. Ich mochte die Art, wie sich das anfühlte.

„Weißt du was, Salty Cole", sagte sie lächelnd. „Vielleicht bist du doch kein Trampel."

Wir hatten eine Menge getrunken und nichts gegessen, also erklärte Susan, sie werde uns jetzt ein Omelett machen, was sich als schaumig geschlagenes Rührei mit Schinken und Käse herausstellte und sehr gut schmeckte.

Nach dem Essen fragte Susan: „Hast du einen Freund in – woher kommst du?"

„Aus Argon."

„Genau. Also, gibt es in Argon einen Billy Joe Jim Bob oder so, der darauf wartet, daß du heimkommst und seine Kinder kriegst?"

Ich verdrehte die Augen. „Ich hab' nie viel von Jungs gehalten – ich meine, ich liebe meine Brüder, und ihre Freunde sind in Ordnung, aber in dieser Hinsicht, Sie wissen schon, habe ich nie viel von Jungen gehalten."

„Soso." Susan nickte. Sekundenlang schien sie meilenweit weg, und dann sah sie mir so direkt in die Augen, daß ich ganz nervös wurde. Sie hob die linke Hand. Am kleinen Finger trug sie einen schlichten schmalen Goldring, in den ein S eingraviert war. „Glenda, weißt du, was das bedeutet?"

„Was die Hand bedeutet? Eine Hand bedeutet gar nichts. Es ist bloß eine Hand."

„Was dieser Ring bedeutet."

Ich starrte auf den Ring und wußte nicht, was jetzt von mir erwartet wurde.

Susan seufzte. „Offensichtlich weißt du nicht, was er bedeutet. Ich erklär's dir ein andermal." Sie stand auf. „Das Essen hat mich nüchtern gemacht. Soll ich dich in deine Pension zurückbringen?"

„Susan, sag, was es bedeutet", bettelte ich. Es machte mich verrückt. Ich hatte ihren kleinen Test nicht bestanden, ich war wieder ein Trampel.

„Später. Ich glaube, für heute reicht es an neuen Erfahrungen."

Auf Zehenspitzen, die Schuhe in der Hand, schlich ich in Miss Willards Pension und die Treppe hinauf und schloß gerade die Tür zu meinem Zimmer auf, als sich Mrs. Willards Zimmertür öffnete. Sie hatte einen rosa Morgenmantel an und die Haare in Lockenwickler eingedreht.

„Da bist du ja!" sagte sie. „Ich dachte schon, du seist vom Erdboden verschwunden."

„Es tut mir leid, Ma'am. Ich wollte Sie wirklich nicht beunruhigen."

„Es geht nicht um Beunruhigen, Miss Glenda. Du bist ein erwachsenes Mädchen, und ich bin nicht deine Mutter. Aber du erinnerst dich, daß ich sagte, dies sei ein ordentliches Haus. Du kannst hier nicht wohnen, wenn du die ganze Nacht mit irgendwelchen Typen rumziehst."

„Aber so war es nicht, Mrs. Willard."

„Sondern?"

„Ich... ich war mit einem Mädchen aus."

„Oh", sagte Mrs. Willard. „Nun, ich denke, daran ist nichts Schlechtes." Sie ging in ihr Zimmer zurück und machte die Tür hinter sich zu.

8

Bei unserem ersten Auftritt kündigte Lonesome Joe uns als „die Sweethearts von *Shady Grove Barn Dance*, nämlich Sweetie und Salty Cole – die Cole Sisters“ an. Sweetheart von irgendwas war das letzte, das ich sein wollte, aber als ich auf die Bühne ging, grinste ich wie ein vergnügtes Opossum und sah so süß aus, daß du mich glatt hättest aufessen können. Wer hätte das gedacht? Ich konnte nicht nur singen, sondern auch Theater spielen.

Wir sangen „Down in the Valley“. Das war die Sorte Musik, die Lonesome Joe uns zugedacht hatte – sanfte, getragene Volksmusik. Emily und ich harmonierten gut miteinander, auch wenn wir außerhalb der Bühne den größtmöglichen Abstand hielten. Das Publikum liebte uns, und das stachelte an.

Aber ich wußte, das Bergvogelgezwitscher war nicht mein Ding. Nicht daß ich nicht gut war. Du kannst einem Hund beibringen, auf den Hinterbeinen zu laufen, und er kann seine Sache wirklich gut machen, aber tief in seinem Inneren weiß er, daß das nicht seine Art zu laufen ist. So war es auch mit mir. Das Problem war nur, daß ich nicht wußte, was meine Art zu singen war.

Als wir von der Bühne kamen, stand Susan, als Miz Lucindy verkleidet, in der Kulisse. Es war wirklich wie zwei verschiedene Personen. Sie zog mich am Zopf. „Du warst gut, Kleines", flüsterte sie.

Ich grinste und ging weiter, während Lonesome Joe sie ankündigte. Eine Minute später wußte ich, warum sie mich vor den Jungs von der Band gewarnt hatte. Jimmy, einer der Banjospieler, wanzte sich an und legte den Arm um meine Taille.

„Schätze, wenn du das Sweetheart bei *Barn Dance* bist und ich bei *Barn Dance* arbeite, bist du auch meins."

Ich hob seinen Arm hoch, als müßte ich eine tote Ratte aufheben. „Ich bin niemandes Sweetheart", fauchte ich. „Und habe auch nicht vor, es zu werden." Ich marschierte zur Damengarderobe.

„He", brüllte er hinter mir her. „Schätze, deshalb nennen alle dich Salty. Vielleicht sollte ich einfach gucken, ob ich was vom süßen Stoff deiner Schwester kriege."

Ich fiel auf einen Stuhl und zerrte die Schleifen aus meinem Haar. Langsam dämmerte mir, daß die männlichen Akteure, die ich am Radio bewundert hatte, die weiblichen als Frischfleisch betrachteten. Und ich kam zu dem Schluß, das einzige Mitglied von *Barn Dance,* mit dem ich meine Zeit zu verbringen wünschte, war Susan.

Und wieviel Zeit ich mit Susan verbrachte! Ich konnte gar nicht genug von ihr kriegen. Sie war so klug, so kultiviert – ich hatte das Gefühl, ich wüßte gar nichts, und sie müßte mir alles erst beibringen. Was sie sagte, saugte ich auf wie ein Schwamm.

Wenn sie sagte: „Ich habe gerade eine neue Platte gekauft. Komm rüber und hör sie dir an", saß ich in Nullkommanichts vor ihrem Plattenspieler und nahm jeden

Ton in mich auf, egal ob Count Basie oder Hank Williams.

„Du willst sagen, du kennst *Jane Eyre* nicht (oder sonst einen Roman), du lieber Himmel, ich leihe es dir." Ich lieh mir jedes Buch aus, ließ den Schlaf ausfallen, um es zu lesen, und kehrte am nächsten Tag zu ihr zurück, mit roten Augen, erregt und voller Fragen.

Susan schien nicht weiter erschüttert über die Musik, die ich nicht gehört, die Bücher, die ich nicht gelesen hatte, als sie aber entdeckte, wie wenig ich vom Essen verstand, war sie schockiert. „Glenda, das ist doch nicht zu fassen! Erwartest du wirklich, daß ich dir glaube, du hättest noch nie was von Spaghetti gehört?"

Das passierte, als ich sie mal nachmittags besuchte und sie mir von New York erzählte und von den Unmengen Spaghetti, die sie und ihre Zimmerkollegin verspeisten, weil sie so billig waren.

Ohne weiter nachzudenken, fragte ich: „Was sind Spaghetti?" Wie ich Susan erzählte, nachdem sie ihren Anfall abreagiert hatte, vermochte ich die verschiedenen Speisen, die ich für gewöhnlich in Argon gegessen hatte, an zwei Händen abzuzählen: Feldbohnen, Maisbrot, Bratkartoffeln, Brötchen, Bratensoße, Eier, Schinken oder Speck, wenn wir mal drankamen, Eichhörnchen, wenn Daddy eins erwischt hatte, Hühnchen am Sonntag, Salat und Mais und Tomaten im Sommer.

Aus irgendeinem Grund wirkte Susan richtig traurig. „Was anderes kennst du nicht?"

„Außerdem noch das, was Mrs. Willard kocht. Und dann ist da noch das Omelett, daß du mir gemacht hast, und einmal Currywurst in einem Restaurant in Morgan."

Susan sprang auf. „Heute abend koche ich Spaghetti für dich. Leg dir 'ne Platte auf. Ich geh' einkaufen."

Sie kam zurück mit zwei Tüten, eine aus dem Lebensmittelgeschäft und eine aus dem Schnapsladen. „Natürlich bekommst du in dieser bejammernswerten Karikatur einer Stadt kein anständiges Brot, wir müssen uns mit Brötchen behelfen."

Sie hantierte in ihrer Küche wie eine Wissenschaftlerin im Labor. Immer wenn sie eine Zutat benutzte, von der sie annahm, ich kannte sie nicht, erklärte sie sie mir. „Knoblauch", verkündete sie und hielt etwas hoch, das wie die Spitze einer grünen Zwiebel aussah. Oder sie zeigte auf ein Gefäß mit getrockneten grünen Blättern. „Oregano."

Ich war fasziniert. Die einzigen Gewürze, die Mama benutzte, waren Salz, Pfeffer und Schweineschmalz.

Spaghetti-Abend, so nenne ich diesen Abend in meiner Erinnerung. Es war einer jener seltenen Augenblicke im Leben, von denen du nichts erinnerst, außer daß du glücklich warst.

Ein Teil des Zaubers war das Essen selbst. Die Soße glich nichts, das ich je geschmeckt hatte. Die scharfe Tomate, der pikante Knoblauch, der würzige Oregano, das süße Basilikum – so viele Geschmacksrichtungen gleichzeitig, daß ich es für immer im Mund behalten wollte. Und dann die Nudeln – Susan lachte, als ich die Fäden, die mir aus dem Mund baumelten, aufsaugte. Wir tranken Wein, einen schweren Roten, aus langstieligen Gläsern, die fast zu schön und zerbrechlich waren, um sie zu berühren.

Aber es war nicht nur das Essen, sondern auch, daß Susan extra für mich etwas zubereitet hatte. Und es war kein Essen, bloß um dich abzufüllen, wie das, was Mama kochte. Es war Essen, das genossen werden wollte. Als ich auf meinen leeren Teller sah, hatte ich das Gefühl, daß Susan mir unentwegt etwas gab – als fügte sie dem Leben Gewürze hinzu, die es aufregend und wunderbar machten, anders als die Leute zu Hause, die immer nur sagten, das Leben sei ein Tal der Tränen.

„Ich danke dir“, flüsterte ich.

Sie lachte. „Kein Grund, sentimental zu werden. Ich habe dir bloß Spaghetti gekocht. Hier, nimm noch etwas Wein.“

An diesem Abend redeten wir über alles mögliche. Sie erzählte mir, daß sie ein Einzelkind war und ihre Eltern sie nicht mal geplant hatten; daß ihre Mutter sie gezwungen hatte, am Debütantinnenball teilzunehmen, und wie sie sich an diesem Abend so betrunken hatte, daß sie auf ihren Absätzen gestolpert und die Treppe runtergefallen war und sich den Arm gebrochen hatte.

„Das einzig Gute am Aufwachsen in Reichtum“, sagte sie, „waren die Pferde. Wenn ich auf meinem Pferd saß, fühlte ich mich frei. Natürlich mußte ich einen von diesen lächerlichen englischen Reitanzügen tragen, aber in meiner Vorstellung war ich ein Cowgirl.“

Ich erzählte ihr von den Männern in Argon, die in den Stollen arbeiten, und wie gruselig das war, weil alle wußten, wenn der Stollen einbricht, kann niemand etwas tun. Ich erzählte ihr, daß Roy jetzt auf der Zeche arbeitete und Vaughn bald anfangen würde und daß ich alles darum geben würde, wenn sie irgendwo anders als in Argon wären und egal was täten, alles, nur nicht Kohle abbauen.

„Ihr steht euch sehr nahe, du und deine Brüder?"

„O ja. Ich war immer mit ihnen und ihren Freunden zusammen."

„Hattest du auch Freundinnen?"

„Vor dir, meinst du? Ja, da war Angel. Sie... sie war die Tochter des Pastors." Ich machte den Mund zu. Wenn ich weiterredete, mußte ich alles erzählen, und soweit war ich noch nicht. Ich hatte Angst, daß Susan mich dann nicht mehr mochte. Ich beschloß, das Thema zu beenden und zu einem neuen überzugehen. „Aber sie zog weg. Übrigens, du hast mir nie gesagt, was es mit dem Ring an deinem kleinen Finger auf sich hat. Nur wenn du Miz Lucindy spielst, nimmst du ihn ab."

Susan starrte in ihr Glas, als läge am Grund ein Käfer. Ich wußte, daß ich was Falsches gesagt hatte.

„Du lieber Gott, warum bin ich auch so ein Plappermaul. Mama sagte immer, mein größtes Problem sei, daß ich nicht weiß, wann es genug ist. Vergiß einfach, daß ich gefragt habe, okay? Wir reden von was anderem – Schallplatten oder so."

„Nein, Glenda, ich glaube, ich sollte es dir sagen. Es ist nur... ich meine, du liebe Güte, du wußtest nicht mal, was Spaghetti sind."

„Was hat denn das damit zu tun? Mag sein, daß ich nicht viel weiß, aber dumm bin ich nicht."

„Das weiß ich, im Gegenteil. Ich habe nur Angst –"

„Hab keine Angst. Ich bin deine Freundin, Susan. Nichts, was du sagst, wird daran etwas ändern."

„Okay, okay, verdammt noch mal. Ich werde versuchen, es zu erklären. Wenn eine Frau einen Ring am kleinen Finger trägt, heißt das... nein, warte, ich versuche es andersherum." Susan steckte eine Zigarette in den Mund und fummelte an ihrem Feuerzeug. Ich hatte sie noch nie nervös gesehen, und das machte mich auch nervös. „Du erinnerst dich, wie ich von Sandra erzählt habe, meiner Zimmerkollegin in New York?"

„Hm."

„Also, wir waren mehr als Zimmerkolleginnen."

„Ihr wart Freundinnen, stimmt's?"

„Das auch, ja. Aber noch mehr als das. Verdammt, ist das schwer. Glenda, Sandra und ich waren... ein Paar. Wir küßten uns, wir schliefen in einem Bett, wir taten, was Männer und Frauen tun. Natürlich ist es was anderes, wenn es zwei Frauen tun."

Sie machte eine Pause, dann sagte sie: „Ich habe dich zu Tode erschreckt, stimmt's? Ich hätte es dir nicht sagen sollen. Du bist noch ein Kind –"

„Mit Angel und mir war es auch so."

„Wie bitte?"

„Angel und ich waren auch so. Wir küßten uns, wir taten Dinge im Bett... Ich dachte, wir wären die beiden einzigen auf der Welt, die –"

„Jetzt halt mal einen Moment lang die Luft an, Glenda. Willst du mir erzählen, daß da draußen am Arsch der Welt du nackt mit der Tochter des Pastors zusammenwarst?"

„Also es ging nicht bloß ums Nacktsein. Wir liebten uns im Geist wahrer Freundschaft –"

Sie schüttelte sich vor Lachen, dann umarmte sie mich fest. Ich umarmte sie genauso fest zurück. „O Glenda, Glenda. Du bist voller Überraschungen."

Als wir uns voneinander lösten, griff sie nach meiner Hand, als wollte sie mich auf keinen Fall loslassen.

„Du hast mir immer noch nicht gesagt, was der Ring bedeutet", sagte ich.

„Weil ich den bescheuerten Ring total vergessen hatte. Ein Ring am kleinen Finger der linken Hand ist ein Signal für Frauen, die Bescheid wissen, daß du lesbisch bist."

„Daß du was bist?"

„Das ist heute schon deine zweite Vokabelstunde. *Lesbisch* sind –", sie drückte meine Hand, „lesbisch sind Frauen wie wir. Eben *Lesben*."

Es gibt also ein Wort dafür, dachte ich. Stumm wiederholte ich: Ich bin Sängerin, ich bin Lesbe. Es tat gut, zwei Dinge über mich ganz sicher zu wissen. Während ich das noch dachte, stießen Susans Lippen gegen meine. Es war ein kurzer, scheuer Kuß – von der Dauer eines Herzschlags.

„Großer Gott, ich verderbe eine Minderjährige", sagte sie.

„Ich bin schon vor dir verdorben worden."

„Dann... war es okay, daß ich dich geküßt habe?"

„Mm."

Der nächste Kuß war lang und sehr, sehr langsam. Sie schmeckte nach Wein und Zigaretten, und als sie mich gegen die Couchlehne drückte, wußte ich, daß ich danach gehungert hatte, ohne es zu wissen.

Verglichen damit, was Susan an diesem Abend mit mir machte, gehörte, was Angel und ich getan hatten, in die Kategorie Kleine-Mädchen-Spiele. Angel war ein Mädchen, Susan war eine Frau – eine Frau, die genau wußte, was sie tat. Bevor ich es noch begriffen hatte, lag ich ausgezogen auf dem Boden, und sie lag auf mir, ihre Hüfte zwischen meinen Beinen.

Wir bewegten, bewegten, bewegten uns, bis ich glaubte, ich würde verrückt, und dann zitterte der ganze Raum wie bei einem Erdbeben. Das Erdbeben kam von mir. Ich drehte mich auf den Bauch und versuchte zu Atem zu kommen.

Susan streichelte mein Haar. „Alles in Ordnung? Ich habe dir doch nicht weh getan?"

„Nein, Ma'am." Ich lachte. „Du hast mir kein bißchen weh getan." Ich drehte mich, so daß ich ihr Gesicht sehen konnte. „Und jetzt zeig mir, was ich tun muß."

„Was meinst du? Oh – oh! Nichts! Bei euch Mädchen vom Land mag das anders sein, aber... ich mag es nicht bei mir gemacht haben."

„Lieber Gott, mit einer, die das nicht mag, kann etwas nicht stimmen."

Sie lachte und küßte mich. „Nein, weißt du... was ich mag... ist, es mit dir zu machen." Und das tat sie.

Hinterher flüsterte sie: „Jetzt weißt du, daß wir niemand davon erzählen können, ja?"

Ich mußte an Angels Vater denken. „Ich weiß alles darüber."

„Gut. Deshalb... wir sollten besser nicht die Nacht zusammen verbringen."

Ich konnte meine Enttäuschung nicht verbergen, aber ich wußte, daß sie recht hatte. Daß wir die Nacht zusammen verbracht hatten, hatte Angel und mich in Schwierigkeiten gebracht.

„Ja, ich denke, du hast recht. Aber ich hasse es."

„Ich hasse es auch. Aber lange nicht so, wie ich es hassen würde, wenn die *Barn Dance*-Jungs Verdacht schöpfen würden. Zieh dich an. Ich fahre dich nach Hause."

Wie sehr ich es auch haßte, gehen zu müssen, die Fahrt zurück war wundervoll. Der alte Mond hielt den neuen Mond in seinen Armen, wie Susan mich in ihren Armen gehalten hatte.

Und der Himmel war voller Sterne und das Leben voller Aussichten.

9

Manchmal frage ich mich, ob ich die Arbeit bei *Barn Dance* so schnell satt gehabt hätte, wenn ich nicht mit Susan befreundet gewesen wäre. Wahrscheinlich schon. Ich brauchte niemanden, um zu wissen, daß ich die Grabscherei der Jungs von der Band, das blöde Baumwollkleidchen oder jeden Abend, den Gott werden ließ, „Down in the Valley" nicht ausstehen konnte. Bestimmt wäre ich es auch so leid geworden, aber Susan und ich ermutigten uns schon gegenseitig, wegzugehen.

„Du singst sehr gut", versicherte Susan mir jeden Tag. „Du solltest deine Musik machen, statt zu singen, was der alte Schwätzer dir sagt."

„Du bist eine große Schauspielerin", versicherte ich ihr. „Du solltest am Broadway auftreten, statt in einer lächerlichen Radioshow Witze über Maisbrot zu erzählen."

Es war, als fütterten wir uns gegenseitig löffelweise Mut ein, bis wir genug davon hatten und sagen konnten: „Ich gehe."

Das Problem war nur, daß wir nicht gehen konnten. Langweiler Joe hatte uns einen Jahresvertrag gegeben, der so eisern war, daß selbst ein Anwalt uns nicht hätte herauspauken können. Ein ganzes Jahr bei *Barn Dance,* und ich war gerade mal erst vier Monate dabei.

Ich hatte mich schon fast damit abgefunden, daß Susan und ich auch die restlichen acht Monate durchhalten mußten, aber dann kam der Tropfen, der das Faß zum Überlaufen brachte.

Der letzte Tropfen war natürlich Emily Cole. Eines Abends, wir zogen uns gerade um, trällerte Emily vor sich hin wie eine Lerche.

„Du bist ja schrecklich gut gelaunt heute", sagte ich.

„Das bin ich, und du solltest es auch sein", zwitscherte sie. „Ab Weihnachten bist du mich als Schwester los. Ist das ein Weihnachtsgeschenk?"

„Ich verstehe nicht."

„Ach, ich habe immer gesagt, ich arbeite nur bis zu meiner Hochzeit, und..." Sie hielt mir die Hand vors Gesicht, damit ich den Diamantring sah. „Salty, ich bin verlobt."

„Ich wünschte, du würdest mich bei meinem richtigen Namen nennen, Emily", sagte ich. Dann erinnerte ich mich an meine gute Erziehung. „Trotzdem herzlichen Glückwunsch."

Und dann dämmerte es mir: Sie hatte ihren Ein-Jahresvertrag zur gleichen Zeit wie ich unterschrieben. „Emily, nimm mir die Frage nicht übel, aber wie bist du aus dem Vertrag rausgekommen?"

Sie warf ihr Haar zurück und seufzte ein bißchen, als hätte ich eine besonders dumme Frage gestellt. „Aber Salty, weißt du denn nicht – ich heirate Lonesome Joe! In Zukunft wird er nicht mehr einsam sein."

Mir stand der Mund offen. „Aber Lonesome Joe muß doch mindestens vierzig Jahre älter sein als du."

„Liebe richtet sich nicht nach dem Alter, Schätzchen. Liebe kennt kein Alter", antwortete sie, als wäre sie viel älter und weiser als ich.

Ich wollte gerade eine Gemeinheit sagen, aber dann überlegte ich. *Wenn sie im Dezember aufhört, kann ich vielleicht mit einer Solonummer weitermachen. Und vielleicht kann ich dann Glenda Mooney sein, statt die eine Hälfte der Cole Sisters. Und vielleicht –*

Bevor ich den Gedanken fortsetzen konnte, unterbrach mich Emily. „Aber mach dir keine Sorgen. Lonesome Joe sagt, er findet schon ein Mädchen, das für mich einspringt, so daß die Cole Sisters weitermachen können."

Ich war wütend wie eine Hornisse. Wütend, weil die einzige Chance, aus einem Vertrag mit *Barn Dance* herauszukommen, die Ehe mit Joe Whitcomb war. Wütend, weil ich, solange ich bei *Barn Dance* wäre, nie als ich selbst auftreten würde.

Nach der Vorstellung packte ich Susan am Arm und sagte: „Wir müssen miteinander reden."

Verblüfft fragte sie: „Worüber?"

„Wie wir verdammt noch mal hier rauskommen."

Unser Weg war klar. Wir konnten nicht einfach gehen, weil wir nicht aus unseren Verträgen herauskamen. Wir mußten also erreichen, daß wir gefeuert wurden.

Nun ist gefeuert zu werden nicht das Schwierigste auf der Welt. Gott weiß, wie viele Leute das schon erlebt haben. Und wie viele es noch erleben werden. Aber es darauf anzulegen, gefeuert zu werden, braucht gewisse Phantasie und einigen gesunden Menschenverstand – Phantasie, weil du doch stilvoll abtreten willst, und gesunden Menschenverstand, weil du nichts tun willst, das dich in den Knast bringt.

Susan und ich spielten viele Möglichkeiten durch. Einige hätten bestimmt funktioniert, zum Beispiel auf der Bühne zu fluchen. Andere waren zu gefährlich, zum Beispiel die Scheune in Brand zu stecken. Nachdem wir uns endlich geeinigt hatten, was wir tun wollten, kam der schwierige Teil. Wir mußten warten, bis die Zeit reif war.

Ungefähr sechs Wochen später war sie reif. Emily war schwer erkältet und konnte an diesem Samstag nicht auftreten. Ich würde allein auf der Bühne stehen und machen können, was ich wollte. Es war vorgesehen, daß Miz Lucindy gleich nach den Cole Sisters auftrat. Das war die Gelegenheit.

Und so lief es ab.

Ich trug nicht mein Baumwollkleidchen, sondern ein königsblaues Abendkleid aus Satin, das Susan noch aus ihren Debütantinnenzeiten aufbewahrt hatte. Das aufreizendste Kleid, das ich je gesehen hatte, glänzend und hauteng, mit straßbesetzten Spaghettiträgern. Um es noch aufreizender zu machen, schnitt ich es kurz überm Knie ab und nähte Fransen an den Saum – wenn ich mit dem Po wackelte, wackelten auch die Fransen. Dazu trug ich Pumps mit Pfennigabsätzen, die ebenfalls aus Susans Debütantinnenzeit stammten.

Ich bürstete mein Haar, legte einen sehr roten Lippenstift auf und griff in die Saiten. Lonesome Joe kündigte mich an. „Es tut mir schrecklich leid, daß eine unserer geliebten Cole Sisters heute ein wenig unpäßlich ist, aber Salty Cole ist bei uns, sie hat sich vom Bett ihrer lieben

Schwester losgerissen, um für uns eins ihrer Lieblingslieder zu singen."

Ich unterdrückte ein Kichern und wartete, bis er links abgegangen war, bevor ich von rechts auf die Bühne tänzelte. Das Publikum schnappte nach Luft. Ich hatte keine Angst, und ich wollte, daß Salty Coles letzter Auftritt in die Geschichte von *Barn Dance* einging. Ich begann mit einem „Da-*da*-da-da-damp"-Blues-Riff und schwenkte die Hüften, und die Fransen schwangen mit. Eigentlich wollte ich einen Bessie Smith-Song singen, aber als ich da stand, strömte aus mir heraus, was ich die ganze Zeit im Kopf gehabt hatte.

Well, they say that little girls
Is made of sugar and spice,
But some of us is Salty,
And I think that's twice as nice.
They call me Salty,
Yeah, Salty's what they call me,
So come a little closer,
And see how salty I can be.
Well, Sweetie she is fine
If you like kid stuff,
But for a grown-up, honey,
That just ain't enough.
You need me, Salty,
Salty, that's the truth
'Cause Salty, hon,
Will get rid of that sweet tooth.

Über mir gingen die Scheinwerfer aus, was ich für ein gutes Zeichen hielt.

Dann gingen sie wieder an, und Lonesome Joe sagte: „Ich bitte vielmals um Entschuldigung. Dies ist eine Sendung für die ganze Familie, und was ihr eben hören mußtet, Leute, paßt nicht ins Programm. Aber jetzt kommt die, die alle hören wollen. Jedermanns Lieblingsmädchen mit dem neuesten Klatsch aus Possum Creek, die reizende Miz Lucindy!"

Aber das Publikum bekam nicht Miz Lucindy, sondern Susan, gekleidet in fließende weiße Gewänder. Sie sah wie eine Königin aus, und sie spielte auch eine. Statt Miz Lucindy gab sie Medea. Es war lustig und traurig zugleich, zu sehen, wie verschenkt eine großartige Darbietung bei diesem Publikum war. Aber wie Medea in ihrem Monolog sagt: „Wenn du Narren neue Ideen vorstellst, halten sie dich für närrisch."

Auch bei ihr wurden die Scheinwerfer gelöscht, und sie rannte zurück in die Kulisse, wo ich auf sie wartete.

Plötzlich fühlte ich eine Hand unfreundlich meine Schulter quetschen. Ich drehte mich um, da stand Lonesome Joe, der mehr aussah wie Wütender Joe.

„Was zum Teufel habt ihr verrückten Weiber euch dabei gedacht?" donnerte er. „Salty Cole, du gehst auf die Bühne, gekleidet wie eine Nutte, und singst Niggermusik. Und du, Miz Lucindy, trittst in Bettüchern auf und stellst ich weiß nicht was dar."

„Medea", sagte Susan.

„Wenn ich sage, ich weiß nicht was, heißt das nicht, daß ich wissen will was", bellte Lonesome Joe. Er griff in die Hosentasche und warf uns zwei Scheine vor die Füße. „Das sind die letzten zwanzig Dollar, die ihr von mir kriegt. Packt eure Sachen und verschwindet!“ Er stampfte fluchend davon.

Susan und ich umarmten uns und hüpften auf und nieder. Wir waren gefeuert.

10

Kaum in ihrer Wohnung angekommen, griff Susan als erstes nach einer Schere. „Komm mit ins Badezimmer, Glenda. Ich brauche dich als Zeugin."

„Als Zeugin wofür?"

„Den Tod Miz Lucindys."

Ich folgte ihr ins Badezimmer und sah schweigend zu, wie sie das honigblonde Haar abschnitt. „Bist du sicher, daß du das auch wirklich willst?" fragte ich dann.

„Pscht, sei still. Dies ist ein Begräbnis."

Ich dachte, nun ist sie durchgeknallt, aber ich sagte nichts, sah nur zu, wie das Waschbecken sich mit Haarsträhnen füllte.

Als sie fertig war, hatte sie einen niedlichen kleinen Mop aus kurzem gelocktem Haar auf dem Kopf. Sie nahm zwei Händevoll Haare aus dem Waschbecken und warf sie in den Mülleimer. „Adieu, Miz Lucindy", rief sie hinterher, dann seufzte sie, fuhr mit der Hand über ihren Kopf und warf sich plötzlich in eine dramatische Pose. „Gott ist mein Zeuge, daß ich nie wieder Zöpfe tragen werde."

Ich lachte, und sie griff nach meiner Hand.

„Komm, Kleines", sagte sie lächelnd. „Jetzt beginnt der Rest des Lebens."

So war's. Das Problem war nur, daß wir zwar monatelang geplant hatten, wie wir aus *Barn Dance* herauskamen, aber keinen Gedanken darauf verschwendet, wie es danach weitergehen sollte.

Ich kam mir vor, als sei ich eben aus dem Gefängnis entlassen worden. Da war die Freiheit, von der ich so lange geträumt hatte, aber ich hatte nicht die geringste Ahnung, was ich mit ihr anfangen sollte.

Schließlich beschlossen wir, daß ich bei Mrs. Willard aus- und bei Susan einziehen würde. Da wir nun ja nicht mehr zu Lonesome Joes großer glücklicher Familie gehörten, mußten wir uns auch nicht mehr so sehr um die Meinung der Leute kümmern.

Beide waren wir von dem Gedanken wenig angetan, in Shady Grove zu bleiben, aber die Mieten dort waren billig, und da wir uns selbst in die Arbeitslosigkeit katapultiert hatten, wollten wir bleiben, bis wir genug Geld beieinander hatten. Dann, sagte Susan, würde sie mich mit nach New York nehmen, wo sie bei den Theatern vorsprechen würde und ich mich um einen Plattenvertrag kümmern konnte.

Der Plan kam mir nicht so naiv vor, wie er wahrscheinlich war. Was mich anging, war alles, was aus Susans Mund kam, der Weisheit letzter Schluß. Also setzten wir uns hin und machten eine Liste von dem, was jede von uns besaß, um daraus vielleicht Geld zu schlagen. Die Liste sah so aus:

Susan: ein Auto.

Glenda: eine Stimme.

Ihr Auto und meine Stimme mußten in den nächsten Monaten eine Menge Mißbrauch aushalten. Wir traten in so ziemlich jeder kleinen vergammelten, nach Schweiß riechenden, klebrigen Spelunke in Kentucky plus einigen in Indiana und Tennessee auf. Susan rief immer erst an und sagte: „Hier spricht Susan Wilson, Agentin. Ich repräsentiere Glenda Mooney, Star von *Shady Grove Barn Dance*. Miss Mooney plant gerade eine Tournee. Sind Sie an einem Auftritt in Ihrem Etablissement interessiert?"

Der Besitzer sagte in der Regel „natürlich", aber er könne nur zehn Dollar bieten oder fünf plus Trinkgeld oder nur Trinkgeld, und an dieser Stelle pflegte Susan zu sagen: „Werfen Sie das Geld in den Kamin, und Sie haben ein Geschäft gemacht."

Und wir machten uns auf den Weg.

Meine Erinnerung an diese Zeit ist verschwommen: Erdnußbutter-Sandwiches, auf dem Armaturenbrett geschmiert, Gliederschmerzen vom Schlafen im Auto, Katzenwäsche in schmutzigen Tankstellentoiletten.

Am Abend ging ich dann in die jeweilige Kneipe, zog das geschmacklose Cowgirlkleid an, das ich in einem Second-Hand-Laden erstanden hatte, stieg auf die mit Drahtgeflecht geschützte Bühne und sang die Countrylieder, die ich im Autoradio gehört hatte.

Das Drahtgeflecht – für den Fall, daß Sie derartige Etablissements nicht kennen – sollte die Sängerin vor fliegenden Bierflaschen schützen. Mancherorts schmissen sie mit Flaschen nach dir, wenn du ihnen nicht gefielst, und andernorts machten sie dasselbe, wenn sie dich gut fanden. Du wußtest nie, was die Flaschen bedeuteten, wenn du irgendwo standest, aber mir kam es immer einleuchtender vor, mit Flaschen zu schmeißen, weil du jemand nicht gut findest. Mit der Bierflasche nach einer Person zu werfen, die einem gefällt, ist schon ein sehr merkwürdiges Kompliment.

Wenn ich von der Kneipenzeit erzähle, klingt das immer ganz gräßlich. Aber die Wahrheit ist, ich genoß diese Zeit. Ich war Tag und Nacht mit Susan zusammen, ich kam an Orte, an denen ich nie zuvor gewesen war, und wir schafften es, ein bißchen Geld auf die Seite zu legen, mit dem wir dann eines Tages nach New York gehen wollten.

Aber manchmal gibt es einen Plan, der größer ist als der, den du für dich entworfen hast, und deshalb gelangten Susan und ich nie nach New York. Am einfachsten kann ich das erklären, wenn ich sage, es hatte mit einem Song zu tun, den ich im Radio hörte.

Wir fuhren die Straße entlang wie sonst auch. Ich frühstückte mein Erdnußbutter-Sandwich, Susan rauchte eine Zigarette und spielte am Radioknopf. Sie hatte einen Sender mit Countrymusik drin, dann einen Prediger, dann diese Musik, die wie ein Blitz glatt durch mich durchging.

Mit vollem Mund schrie ich „Stop", dann schluckte ich und wiederholte: „Halt die Musik an."

„Mein Gott, Glenda, ich wußte gar nicht, daß du Rock 'n' Roll magst. Das ist doch was für Kinder. Jazz und Blues sind viel –"

„Ruhe", zischte ich, denn ich wollte zuhören.

Oh, diese Musik. Ich spürte sie in meinem Kopf, in meinem Herzen, an den geheimsten Stellen meines Körpers. Mein Herz pochte, mein Puls schlug im Rhythmus des Schlagzeugs, und die Gitarre fuhr durch mich wie ein scharfes Schwert. Die Musik war wild, aufreizend, gefährlich. Sie war, was ich sein wollte. Die Stimme des Sängers schnurrte, kickste und stieß die Wörter auf eine Art hervor, daß ich eine Gänsehaut bekam.

Susan hatte in einem Punkt recht, denke ich. Der Text war wirklich simpel – darüber, daß alle jetzt auf diesen Rock 'n' Roll-Zug springen – aber diese Einfachheit hatte etwas Reines und Ehrliches. Siebzehn Jahre hatte ich auf dieses Lied gewartet, und als der Moderator es absagte, „das war Zagus Peavly mit dem Rock 'n' Roll-Train", fuhr ich zusammen, als hätte mich jemand aus einem wundervollen Traum geweckt.

Ich machte das Radio aus. „Susan", sagte ich. „Du wirst mich für verrückt halten, aber sag die nächsten fünf Minuten kein Wort. Okay?"

„Schon gut", antwortete sie und zündete sich mit dem Ende der alten eine neue Zigarette an. „Mach, was du willst."

Ich wußte, sie war wütend, aber ich hatte keine Zeit, mich darum zu kümmern. Ich riß ein Stück von der braunen Papiertüte ab, die am Boden lag, und nahm einen Kugelschreiber aus dem Handschuhfach. Ich beugte mich übers Armaturenbrett, und innerhalb von fünf Minuten hatte ich den ersten Song meines Lebens geschrieben.

„Okay", sagte ich. „Jetzt kannst du wieder reden."

„Was zum Teufel ist in dich gefahren, Glenda? Du weißt, ich kann es nicht leiden, wenn jemand mir den Mund verbietet."

„Es tut mir leid, Schatz. Aber ich habe eben ein Lied geschrieben."

„In fünf Minuten? Beweise es."

Ich nahm meine Gitarre vom Rücksitz. „Schätze, es gibt nur eine Möglichkeit, es zu beweisen." Ich stimmte die Gitarre. „Die Melodie ist noch nicht ganz ausgefeilt, aber sie geht ungefähr so." Ich griff ein paar Akkorde, und dann sang ich.

People say I'm crazy, but I don't care,
'Cause I'm crazy about your wavy hair.
I'm crazy about your ruby lips,
And I'm crazy about your fingertips.

Yeah, I'm crazy, crazy, baby.
Yeah, I'm crazy, crazy, baby.
They say I'm crazy, but it ain't true,
'Cause all I'm crazy 'bout is you!

People say I was crazy from the start,
'Cause all you're gonna do is break my heart.
But they wasn't with us late last night,
When you said you loved me and you held me tight.

I went crazy, crazy, baby.
I go crazy, crazy, baby.
They say I'm crazy, and it must be true,
'Cause, baby, I'm just crazy 'bout you!

Ich sah Susan an und wartete auf ihren Beifall. Zuerst dachte ich, es würde keinen geben, denn sie runzelte die Stirn.

„Das hast du geschrieben? Gerade eben, in fünf Minuten?" fragte sie.

„Ja."

„Keine Verarschung?"

„Keine Verarschung."

Sie schüttelte den Kopf wie ein nasser Hund und lachte. „Verdammt scharf, Glenda!" Sie sah sich um, ob andere Autos in der Nähe waren, dann beugte sie sich zu mir und gab mir einen Kuß. Dann lachte sie wieder und schlug aufs Lenkrad und hupte dreimal.

„Verdammt scharf", schrie sie aus dem Seitenfenster. „Ich lebe mit einer gottverdammten scharfen Rock 'n' Roll-Sängerin zusammen! Was meine Mama wohl dazu sagen würde?"

11

An diesem Abend spielte ich in der Kneipe in Newport „Crazy, Baby“, und das Publikum wurde verrückt, anders läßt es sich nicht sagen. Die Leute jubelten, tanzten auf den Tischen und wollten es immer wieder hören. Als ich es zum drittenmal wiederholte, war mir auch noch neuer Text eingefallen. Ich schleuderte meinen Cowboyhut weg und löste mein Haar. Und ich sprang so heftig herum, daß ich die Stiefel ausziehen und die Nummer barfuß beenden mußte.

Als ich von der Bühne kam, war ich betrunken – trunken von der Musik und dem Beifall und dem Tanzen. Ich rannte quer durch den Raum direkt in Susans Arme. Zuerst wurde sie ganz steif – in der Öffentlichkeit waren wir nämlich mit Zärtlichkeiten immer sehr zurückhaltend –, aber schließlich gab sie doch nach und umarmte mich. „Du warst unglaublich, Glenda – wirklich unglaublich.“

Die Barkeeperin, eine Frau mittleren Alters mit zu stark geschminkten Augen, grinste, als sie uns sah. „Ihr gebt ein schönes Bild ab“, juchzte sie. „Ihr seid Schwestern, oder?“

Susan lachte. „Natürlich sind wir das.“ Sie drückte zärtlich meine Hand.

„Ich wußte es“, sagte die Barfrau. „Ihr seht euch zwar überhaupt nicht ähnlich, aber ihr habt etwas an euch... Ich sehe so was auf Anhieb." Sie lächelte mich an. „Du warst wirklich sehr gut, Schätzchen. Wie wär's mit einem Bier auf Kosten des Hauses, bevor wir schließen?"

Einer der Vorteile, die das Auftreten in Kneipen am Rande mit sich bringt: Die Leute gehen davon aus, du seist alt genug, um zu trinken.

„Besten Dank, Ma'am", erwiderte ich. „Könnte meine Schwester auch eins bekommen?"

Nachdem wir unser Bier getrunken hatten, gingen wir Hand in Hand hinaus zu unserem Wagen.

„Weißt du, wohin wir jetzt fahren?" fragte Susan, während ich die Gitarre auf den Rücksitz packte.

„Ich denke, zurück nach Shady Grove, es sei denn, du willst vorher noch ein bißchen schlafen."

„Gut geraten, aber falsch", sagte Susan, die Zigarette baumelte zwischen ihren Lippen. „Wir fahren rüber nach Cincinnati."

„Cincinneti? Warum?"

„Weil wir einen Ort ausfindig machen werden, meine Liebe, wo du eine Platte aufnehmen kannst."

„Aber Susan, niemand wird mit mir eine Platte machen wollen. Ich bin noch nicht soweit."

„Die Frau, die ich heute abend gehört habe, war aber ganz entschieden soweit, eine Platte aufzunehmen."

„Susan!"

„Red nicht rum. Wir müssen diesen Song aufnehmen, bevor du ihn nicht mehr hören kannst. In Cincinnati gibt es ein kleines Plattenstudio – Lonesome Joe hat dort mal eine Aufnahme geschnitten. Ich erinnere mich nicht mehr an den Namen, aber wenn ich ihn im Telefonbuch sehe, erkenne ich ihn wieder." Sie drehte den Zündschlüssel im Schloß und sah auf die Uhr. „Es ist drei Uhr morgens. Das Studio macht wahrscheinlich um neun auf. Wir haben also genügend Zeit, hinzufahren und die Adresse herauszufinden. Ich spendiere dir auch ein Frühstück. Aber keine Milchprodukte vor dem Singen – nur Tee mit Zitrone."

Sie war unwiderstehlich. Mir blieb nur übrig, zu lachen und zu sagen: „Du bist verrückt, weißt du das?"

„Du solltest besser auch nicht mehr sprechen. Schone deine Stimme für die Aufnahme."

Wir standen vor den Büros der Honey Lee Records, noch bevor aufgemacht wurde. Natürlich hatte keine von uns auch nur einen Hauch Schlaf gehabt.

Susan war von Kaffee und Zigaretten aufgeputscht und lief auf und ab wie eine Dschungelkatze. „Verdammt noch mal, müssen diese Leute kein Geld verdienen?" murmelte sie vor sich hin.

Ich versuchte, irgendwie wach zu bleiben. Ich hatte zum Frühstück drei Tassen Tee getrunken, aber die hatten es nicht gebracht. Mir war überhaupt nicht nach Singen zumute. Ich war erschöpft und in einer fremden Stadt, und mein einziger Gedanke galt unserem Bett in Shady Grove.

Endlich kam eine Frau in engem Rock und hochhackigen Schuhen und machte auf.

„Ma'am, ich bin Susan Wilson", sagte Susan enthusiastisch, „und die Agentin von Miss Glenda Mooney. In all meinen Jahren im Showbusiness habe ich nichts Vergleichbares gesehen. Ich bin fest überzeugt, daß sie die größte Sängerin seit Kitty Wells ist."

Die Frau warf uns einen Blick zu, der sagte, daß sie das schon tausendmal gehört hätte und keinen Rattenarsch darauf geben würde. „Erzähl das dem Chef, Schätzchen. Ich bediene hier nur das Telefon."

Der Chef ließ die nächsten fünfundvierzig Minuten auf sich warten. Sekunden, bevor er erschien, fing ich an zu quengeln. „Komm schon, Susan. Ich bin hundemüde. Laß uns nach Hause fahren, ja?"

Aber da kam er. Charlie Lee sah aus wie eine Backsteinmauer mit einem ölig glänzenden Dach oben drauf. „Fein, fein", dröhnte er. „Da kommt man morgens zur Arbeit und wird gleich von drei reizenden jungen Damen begrüßt!"

Seine Sekretärin verdrehte die Augen und tippte weiter. Ich setzte mein freundlichstes Lächeln auf.

Susan zog ihre Nummer ab, von wegen größte Sängerin seit Kitty Wells, aber etwas ganz anderes, nämlich ein weiblicher Rockabillysänger. Das Wort *Rockabilly* hörte ich zum erstenmal, der Klang gefiel mir.

„Soso", sagte Charlie Lee grinsend. „Das ist wirklich mal was anderes – ein weiblicher Rockabillysänger." Er sagte „weiblicher Rockabillysänger" auf die Art, wie man vielleicht „bärtige Lady" sagen würde. Als wäre ich eine Verirrung der Natur. „Für gewöhnlich mache ich kein Vorsingen ohne vorherige Terminabsprache, aber in Ihrem Fall, Miss Mooney, will ich eine Ausnahme machen. Ich bin einfach neugierig, was ein kleines Mädchen wie Sie mit einem Rock 'n' Roll-Song anstellt."

Es war toll, daß er das sagte, denn es machte mich wütend, und wenn ich wütend bin, bin ich gut. Wir gingen ins Studio, und bevor er wußte, wie ihm geschah, fiel ich über „Crazy, Baby" her. Meine Stimme kickste und klagte und machte Sachen, von denen ich gar nicht wußte, daß sie sie konnte. Ich wollte Mr. Charlie Lee zeigen, was ein „Mädchen" mit einem Rock 'n' Roll-Song anstellt.

Als ich fertig war, sagte er: „Das ist ein feiner kleiner Song, Miss Mooney. Wer hat ihn geschrieben?"

„Ich."

„Sie?" Er klatschte sich auf die Schenkel. „Ich bin beeindruckt. Man lernt doch jeden Tag dazu. Ich sage Ihnen jetzt, wie wir bei Honey Lee Records die Dinge handhaben. Sie unterschreiben einen Vertrag mit uns über eine Platte – eine A-Seite und eine B-Seite. Wir bezahlen die Produktionskosten und bringen die Platte in den Handel. Dafür bekommen wir von jeder verkauften Platte zwei Cents und die Vermarktungsrechte. Und Sie sorgen für die Werbung, was heißt, Sie fahren durch die Welt und kriegen die Diskjockeys dazu, die Platte aufzulegen."

Ich verstand jedes Wort, das er sagte, wußte bloß nicht, was es bedeutete. „Sie wollen sagen... Sie bieten mir einen Vertrag an?"

Er lachte. „Scheint so, oder? Da ist nur noch eine Kleinigkeit, was das Lied angeht, Schätzchen. Kommt da nicht eine Stelle vor, in der es heißt, ‚ich bin verrückt nach deinen roten Lippen' oder so ähnlich?"

„Ja, Sir." Ich hatte keine Ahnung, worauf er hinauswollte.

„Nun, ich glaube, da ist Ihnen ein kleiner Fehler unterlaufen, weil Jungs keine roten Lippen haben, oder?"

„Ich glaube nicht.“ Ich konnte ihm ja nicht sagen, daß es in dem Lied um Susans rote Lippen ging.

„Ich meine, ein Junge hat vielleicht rote Lippen, wenn er Lippenstift benutzt oder so, aber dann ist er weibisch oder so, und Sie würden doch kein Liebeslied für einen weibischen Jungen singen, oder?“

„Nein, Sir.“

Ich würde überhaupt kein Liebeslied für einen Jungen singen.

„Nun“, sagte er. „Sie setzen statt dessen einfach ‚zart‘ ein, oder meinetwegen auch ‚weich‘. Das genügt schon. Und jetzt will ich mal sehen, ob ich einen Schlagzeuger und einen Bassisten für Sie organisieren kann, und ich sage Miss Carter, sie soll Ihren Vertrag aufsetzen.“

„Okay.“

Ich war zu aufgeregt, als daß die Sache mit den roten Lippen mich irritiert hätte. Die Menschen würden bald in ein Geschäft gehen und die neue Glenda Mooney-Platte kaufen können. Und in den Drugstores würden die Kids zu „Crazy, Baby“ tanzen.

„In der Zwischenzeit“, sagte er, „können Sie mit Ihrer Agentin schon mal besprechen, was auf die B-Seite soll.“

Sobald er außer Sicht war, küßte ich Susan auf ihre roten Lippen.

„Hab’ ich es nicht gesagt?“ fragte sie. „Ich bin so stolz auf dich.“

„Ich liebe dich, Susan. Danke, daß du mich hierher gebracht hast.“ Und da ergriff mich die Panik. „Großer Gott, was mache ich bloß mit der B-Seite? Ich habe keinen zweiten Song.“

„Nimm doch den, den du als letzten bei *Barn Dance* gesungen hast."

„Aber das war doch bloß Spaß. Auf einer Platte möchte ich das wirklich nicht haben."

„Glenda, es ist nur die *B*-Seite, die hört sowieso niemand. Du kannst singen, was du willst. Nimm irgendwas, das du gut kannst, und mach dir keine Gedanken."

Die Sache war klar.

„Crazy, Baby" und „Down in the Valley" wurden am Nachmittag in fünf Takes eingespielt. Keiner der Patzer ging auf mein Konto, immerhin. Der Schlagzeuger und der Bassist brauchten ein paar Anläufe, um sich in „Crazy, Baby" einzufummeln, und einmal fiel das Mischpult aus. Honey Lee Records war ein ziemlich popeliges Unternehmen. Aber das wußte ich damals noch nicht.

Nachdem die Platte gepreßt war, rührten Susan und ich die Werbetrommel. Sie erzählte ihrem Daddy eine traurige Geschichte – sie hätte ein Frauenleiden – und zog ihm Geld für Arzt und Medikamente aus der Nase. Sie kam mit zweihundert Dollar nach Hause.

Ich wurde richtig wütend, als sie erzählte, was sie gemacht hatte. „Susan, du hast gesagt, du wolltest dir was leihen. Deinen Vater zu belügen, ist nicht die feine Art – schon gar nicht mit so etwas. Mit deinem Frauenleiden hast du ihn wahrscheinlich zu Tode erschreckt."

Sie lachte. „Ich habe ein Frauenleiden. Die Frau, mit der ich zusammenlebe, braucht Geld, damit sie umherreisen und für ihre Platte werben kann."

„Ich finde es aber nicht in Ordnung, daß du meinetwegen deinen Vater anpumpst."

„Mach dir keine Gedanken, Glenda. Er hat es. Zweihundert Dollar tun ihm nicht weh. Und außerdem – das Geld ist ja auch für mich. Je mehr wir für die Platte tun können, um so mehr Geld nimmst du ein. Und je mehr du einnimmst, um so schneller können wir nach New York, und ich kann endlich beim Theater vorsprechen."

Also nahmen wir Mr. Wilsons Geld und fuhren damit durch den ganzen Südosten, den Kofferraum voller Platten. Wann immer wir durch einen Ort kamen, der groß genug schien, um eine eigene Radiostation zu haben, machten wir Halt und quatschten mit dem Diskjockey und schenkten ihm ein Exemplar.

Wir gingen jedem DJ zwischen Kentucky und Florida um den Bart, lächelten, bis uns die Lippen bluteten, selbst bei den blödesten. Wenn der Tag zu Ende ging, waren wir so fertig vom ständigen Schmeicheln, daß wir nicht mal mehr nett zueinander sein konnten.

Natürlich konnten wir mit den zweihundert Dollar nicht jede Station im Land besuchen, deshalb schickten wir an die, die zu weit entfernt lagen, Freiexemplare und sexy Aufnahmen von mir.

Die Idee mit den sexy Fotos kam von Susan; ich war nicht so verrückt danach. Nachdem ich meinen Protest formuliert hatte, sagte Susan: „Du bist das schönste Mädchen auf der Welt, Glenda, und wenn ein Foto, auf dem das zu sehen ist, dir hilft zu erreichen, was du willst, solltest du es tun."

Ich sah an meinem hautengen grünen Kleid herab, dessen Rockschlitz meiner Meinung nach nur enthüllte, was für dünne Beine ich hatte. „Das schönste Mädchen der Welt, daß ich nicht lache." Auch mein Busen war eher mickerig. „Was ist mit Jane Russell?"

Susan zuckte nicht mit der Wimper. „Du bist zehnmal schöner als Jane Russell."

Wie konnte ich ihr widersprechen? Ich stellte einen Fuß im hochhackigen Schuh auf einen Stuhl, drapierte die Gitarre auf meinem Schenkel, drehte mich zur Kamera und lächelte.

„Die Sache ist nämlich die", sagte Susan, nachdem sie den Schnappschuß gemacht hatte. „All diese Radiofritzen können dich nur anschauen." Sie nahm mir die Gitarre ab und legte ihre Arme um meine Taille. „Die einzige, die dich berühren darf, bin ich." Dann zog sie mir das Futteralkleid aus.

Bis zu dem Auftritt bei der Grover County-Industrie- und Landwirtschaftsmesse war mir nicht klar, wie oft „Crazy, Baby" gesendet worden war. Es war mein bis dahin bedeutendster Auftritt, ich machte das Opening für Jimmy Everett, einen ziemlich bekannten Countrysänger mit einigen Nummern in den oberen Charts.

Ich wollte gerade auf die Bühne gehen, da tippte Jimmy Everetts Gitarrist mir auf die Schulter. „Herzlichen Glückwunsch."

„Danke", antwortete ich verwirrt. „Wozu?"

„Zum Aufstieg in die Charts."

„Was? Welche Charts?"

Seine Augen wurden ganz groß. „Lieber Gott, sie weiß es nicht? He, Virgil", brüllte er. „Bring mal das *Billboard-Magazin*, bitte."

Ich sah auf die Liste, die er mir unter die Nase hielt.

„Crazy, Baby“ von Glenda Mooney auf Platz 46. „Susan!“ schrie ich. „Susan!“

Sie stürzte aus der Garderobe, als wäre Boris Karloff oder sonst etwas hinter ihr her. „Glenda, was ist los? Was ist passiert?“

Ich gab ihr die Zeitschrift und zeigte stumm auf Nummer 46.

„Lieber Gott!“ rief sie. „Verdammter lieber Gott!“

Ich umarmte Susan. Ich umarmte den Gitarristen aus Jimmy Everetts Band, den ich nicht mal kannte, und die ganze Zeit sagte Susan immerzu: „Lieber Gott. Verdammter lieber Gott.“

Der Gitarrist sah erst sie an, dann mich. „Die hat aber ein Schandmaul.“

Ich mußte lachen. „Das hat sie.“

An dem Abend war ich besonders gut. Ich hatte inzwischen entwickelt, was feine Leute ein Repertoire nennen würden. Außer „Crazy, Baby“ hatte ich noch zwei weitere Songs geschrieben – eine langsame Nummer mit dem Titel „Leaving me Blue“ und eine zum Tanzen, „Shake it Loose“. Diese drei Songs, dazu zwei, drei Standardnummern, denen ich einen eigenen Dreh gegeben hatte, waren ein solides Auftaktprogramm. Auch den Leute, die gekommen waren, um Jimmy Everett zu sehen und nicht mich, schien es zu gefallen.

Nach der Show gingen Susan und ich über die Messe. Ich kam mir vor wie ein kleines Kind, nur daß ich als kleines Kind mich nie so gut gefühlt hatte.

Ich aß einen glasierten Apfel und zweimal Zuckerwatte. Wunderbarerweise wurde mir davon nicht übel, in dem Augenblick war das Leben so süß, daß ich nicht genug davon kriegen konnte.

Wir fuhren mit dem Riesenrad, und als wir ganz oben waren, leuchteten unter uns die Lichter in flackerndem Rot, Grün und Gelb. Ich war siebzehn und verliebt und hatte einen Song in den *Billboard*-Charts. Ich drückte Susans Hand und lehnte meinen Kopf an ihre Schulter. „Schöner kann es nicht mehr werden, Schatz. Schöner kann es nicht mehr werden."

12

Wenn du einen Song in den Charts hast, selbst wenn er ziemlich weit unten steht, fängt unweigerlich dein Telefon an zu klingeln. Der Anruf, den ich am nächsten Morgen gegen elf bekam, war der, der später *der* Anruf hieß. Susan und ich waren erst gegen drei nach Hause gekommen und schliefen noch. Und obwohl ich mich noch geräuspert hatte, bevor ich den Hörer abnahm, klang mein Hallo doch mehr wie ein Krächzen.

„Ich möchte Glenda Mooney sprechen", sagte eine Männerstimme.

Es mag an meiner Erziehung liegen, aber immer wenn Fremde nach mir fragen, denke ich, ich hätte was angestellt. Deshalb mußte ich schwer schlucken, bevor ich sagte: „Am Apparat."

„Miss Mooney, Sie sind wirklich schwer zu finden. Hier spricht Big Bert Riley von den Venus-Studios in Nashville. Ich habe Sie auf dieser kleinen Messe in Martinsboro gehört, und bevor ich Ihnen noch sagen konnte, wie gut ich Sie fand, waren Sie glatt verschwunden."

„Was... vielen Dank, daß Sie anrufen, um mir das zu sagen."

„Schätzchen, ich hätte nicht meine Zeit damit verbracht, Sie aufzuspüren, wenn ich Ihnen nur sagen wollte, daß Sie gut waren. Ich nehme an, das wissen Sie bereits. Habe ich recht?“

Ich mußte lachen. „Ich glaube schon.“

„Ich möchte mit Ihnen über Geld und Ruhm sprechen. Sie mögen doch Geld und Ruhm, oder?“

„Nun, ich denke, von beidem brauche ich noch ein bißchen mehr, um Ihnen eine ehrliche Antwort geben zu können.“

Darüber mußte er nun wieder lachen. „Gut, das würde ich gern für Sie übernehmen, Glenda. Venus ist ein sehr erfolgreiches Plattenstudio. Wir betreuen Tommy Kain und Jimmy Hart und noch ein paar andere. Die Welt soll zur Kenntnis nehmen, daß Memphis nicht die einzige Stadt in Tennessee ist, die rock 'n' rollt. Sie wissen, was ich meine?“

„Ich denke, ja.“ Ich hoffte es jedenfalls.

„Die Sache ist die, daß wir keine einzige Rockabillysängerin unter Vertrag haben, und mit Ihrer Hilfe, denke ich, könnten wir das ändern. Wir sind ein richtiges Studio, nicht die Bruchbude in Cincinnati, wo Sie Ihre erste Platte gemacht haben. Wir reden über richtiges Geld und richtigen Ruhm. Was sagen Sie dazu?“

Mir fiel nur eine Frage ein. „Wann kann ich anfangen?“

„Nun, wie ich es sehe, können Sie anfangen, sobald Ihre heiße Stimme in Nashville eingetroffen ist.“

Um zwei Uhr nachmittags hatten wir gepackt, das Apartment aufgelöst und befanden uns auf dem Weg. Susan war genauso aufgeregt wie ich. Als wir an *Shady Grove Barn Dance* vorbeikamen, hielt sie die Hand aus dem Fenster, den Mittelfinger steil nach oben gestreckt.

„Susan, laß das! Wenn dich die Leute sehen!“

„Na wenn schon. Hast du vor, je in dieses Irrenhaus zurückzukommen?“

Sie hatte recht. Ich zeigte *Barn Dance* ebenfalls den Stinkefinger.

Der Weg von Shady Grove nach Nashville führte über Argon. Ich hatte das merkwürdige Gefühl, als führe ich in die Zeit zurück, in der ich Roy und Vaughn nicht von der Pelle ging. Plötzlich hatte ich Heimweh. Von Nashville nach Argon war es ein weiter Weg, und wer wußte schon, wann ich meine Familie wiedersehen würde. Und ich wollte Susan Argon zeigen – das kleine Haus, in dem ich aufgewachsen war, den Fluß, in dem ich fast umgebracht worden war, den Wald, in dem ich beschlossen hatte, mein Leben der Musik zu weihen. Susan würde mich nicht richtig kennen, bevor sie nicht gesehen hatte, woher ich kam.

„Susan, Argon liegt nur ein kleines Stück von der Straße entfernt. Vielleicht könnten wir für eine Stunde oder so dort anhalten.“

Sie blinzelte mich durch den Zigarettenrauch an. „Wozu?“

„Ich weiß nicht. Ich habe nur meine Mama so lange nicht gesehen. Und Roy und Vaughn.“

„Ich verstehe“, sagte Susan. „Jetzt, wo du auf dem Weg zu Reichtum und Ruhm bist, willst du deine bescheidene Herkunft nicht vergessen.“

Ich mußte grinsen. „Ja, vielleicht ist es das.“

Aber ich glaube nicht, daß es das war. Ich war nicht mal sicher, ob ich sie richtig verstanden hatte. Man müßte einer Person wohl eins auf den Kopf geben, damit sie vergißt, woher sie kommt.

Argon hatte sich nicht verändert, so lange war ich schließlich auch noch nicht weg. Aber irgendwie hatte ich das Gefühl, daß ich auch zwanzig Jahre wegbleiben könnte, und es würde immer noch so aussehen – die gleiche abblätternde Farbe an den Gebäuden, der gleiche Kohlenstaub überall. Und ich? Wenn ich hiergeblieben wäre, hätte ich mich dann auch nicht verändert?

„Ist es das?" fragte Susan.

„Das ist es."

„Ist nicht viel dran, oder?"

„Ich denke nicht."

„Wohin fahren wir?"

„Mama besuchen, schätze ich."

„Sollten wir nicht vorher anrufen?"

„Wieso?"

„Um zu hören, ob sie zu Hause ist."

Wo sollte Mama denn sonst sein?

Susan hielt die Luft an, als sie unser Haus sah. Es war ziemlich heruntergekommen. Das Dach mußte gerichtet werden, und die Farbe blätterte. Ums Haus herum war kein Rasen, sondern bloß ein bißchen Staub und Gras für die Hühner zum Scharren. „Glenda", sagte sie. „So hatte ich es mir nicht vorgestellt. Irgendwie dachte ich an ein Farmhaus mit Scheune –"

„Was zum Teufel sollte wohl ein Bergarbeiter mit einer Scheune anfangen?" Sie blieb einfach sitzen, so daß ich nach einer Weile fragte: „Steigst du nun aus oder nicht?"

„Oh. Doch. Entschuldige." Sie stieg aus dem Wagen,

blieb aber vorsichtshalber immer ein paar Schritte hinter mir.

Ich öffnete die Fliegentür und trat ein. Sie stand am Herd, wie immer. „Mama!" rief ich.

Sie fuhr nicht auf oder sonst was, sie drehte sich ganz ruhig um und sagte: „Glenda, mein Gott, was hast du mit deinem Haar gemacht?"

„Bloß abgeschnitten und ein paar Locken rein, mehr nicht. Mama, das ist meine Freundin Susan."

Susan machte ihr „Nettes-Mädchen"-Gesicht. „Ich freue mich, Sie kennenzulernen, Mrs. Mooney."

Mama sah Susan mißtrauisch an und wandte sich wieder zum Herd. „Dann sollte ich wohl ein paar Kartoffeln mehr schälen."

Susan versuchte es mit ihrem ganzen Charme. „Wir ziehen nach Nashville, Mrs. Mooney. Auf Glenda wartet da ein dicker, fetter Plattenvertrag. Sie ist auf dem Weg, die beste Sängerin seit Kitty Wells zu werden."

„Ist das wahr?" fragte Mama teilnahmslos. Sie sah müder aus, als ich sie in Erinnerung hatte. „Dein Vater kommt gleich nach Hause. Er hat Feierabend."

„Wie geht es ihm?"

„Wie immer, denk' ich. Du kennst doch deinen Vater. Im Augenblick ist er sauer auf Roy, aber er würde nie etwas sagen."

„Warum ist er sauer auf Roy?" Daddy hatte uns Kindern gegenüber nie Gefühle gezeigt, weder so noch so. Deshalb war ich einigermaßen erstaunt, daß er es fertigbrachte, auf jemand von uns böse zu sein.

„Ach, Roy hat vor zu kündigen. Er hat das Mädchen

bekommen, das er heiraten will, und sie hat ihn beschwatzt, einen Job in Georgia anzunehmen. Kann nicht sagen, daß ich für sie oder ihre Ideen viel übrig habe. Aber Vaughn hält es mit seinem Vater."

„Das ist gut."

Eigentlich war ich froh, daß Roy die Arbeit in der Zeche aufgab, aber es überraschte mich nicht, daß Daddy deshalb sauer war. Daddy war ein Mann der Zeche, war es immer gewesen.

Ich wußte, Susan hatte keine Ahnung, wie sie sich verhalten sollte. Sie saß mit übereinandergeschlagenen Beinen in einem alten vergammelten Sessel, als befände sie sich auf einer Teegesellschaft mit Damen der feineren Gesellschaft. Die Verlegenheit wurde auch nicht besser, als Daddy und Vaughn auftauchten.

Ich war an den Anblick gewöhnt, wenn sie aus der Grube kamen, schwarz vom Kopf bis zu den Füßen, ausgenommen das Weiße in ihren Augen und das Rosa der Lippen. Susan saß mit offenem Mund da.

„Ach, Glenda", sagte Vaughn. „Schön, dich zu sehen. Deine Freundin da sieht uns an, als gehörten wir in eine Niggershow."

„Vaughn, das ist Susan", stellte ich vor.

„Verzeihen Sie, wenn ich Ihnen nicht die Hand gebe, Vaughn. Ich habe eine Menge von Ihnen gehört."

„Nun, ich hoffe, ich habe genügend Zeit, die Berichte zurechtzurücken." Er grinste, und seine Zähne hoben sich gelb vom Kohlenstaub ab. „Vielleicht sollte ich mich nicht waschen, sondern in Ihre blauen Augen schauen, bis ich mich in einen Diamant verwandelt habe."

„Junge, halt den Mund und geh dich waschen", sagte Daddy. „Seit sein Bruder ein Mädchen gefunden hat, hat Vaughn auch nichts anderes mehr im Kopf."

„Schön, dich zu sehen, Daddy", mischte ich mich ein.

Er sah zu Boden. „Nun", sagte er dann und nickte Susan und mir mürrisch zu. „Schätze, ich sollte mich auch erst mal waschen."

Das Essen begann peinlich und endete schrecklich. Zu essen gab es, was ich in fünfundachtzig Prozent meiner Kindheit bekommen hatte: Bohnen, Maisbrot, Bratkartoffeln und zum Trinken Buttermilch.

Mama, Daddy, Vaughn und ich nahmen unser Brot und brockten es in die Bohnen. Susan strich Butter auf ihre Scheibe und kaute darauf herum. Ich sah ihr an, daß es ihr nicht schmeckte. Sie nahm einen Bissen von den Bohnen und noch einen, aber die meiste Zeit schob sie sie auf ihrem Teller hin und her, um den Anschein zu erwecken, es würden weniger. Mama sah es auch und ließ sich nicht täuschen.

Um alles noch schlimmer zu machen, redete Vaughn auf Susan ein und bot dabei seinen ganzen Charme auf, was, so sehr ich ihn auch liebte, in mir den Wunsch weckte, ihm unter dem Tisch gegen das Schienbein zu treten. „Wo kommt Ihre Familie her?" fragte er.

„Meine Eltern sind beide schottisch-irisch, also denke ich, aus Schottland und Irland."

„Aber Sie haben keinen Akzent."

„Oh." Susan begriff endlich, was er wissen wollte. „Sie haben gefragt, woher *ich* komme. Aus Lexington, Kentucky."

Leider konnte ich Vaughns und Susans Unterhaltung nicht weiter folgen, weil Mama mit mir über Jesus reden wollte. Kurz nachdem ich fortgegangen war, hatte sie den Herrn wiedergefunden, und ich kam bald drauf, daß sie ihn dort gelassen hatte, wo sie ihn fand. Auf einem Pult in der Ecke lag eine Bibel, so groß, daß du damit eine Kuh hättest erschlagen können.

„Glenda Fay, gehst du in Shady Grove in die Kirche?"

„Manchmal", log ich. „Wenn ich Zeit habe."

„Zeit für den Herrn solltest du dir immer nehmen."

„Ja, Mama."

Daddy starrte stumm auf seinen Teller. Falls er bei Vaughns Flirten und Mamas Predigen irgend etwas empfand, behielt er es für sich. Er aß einfach konsequent vor sich hin, wie ein Ochse, der sein Futter wiederkäut.

„Also eigentlich bin ich Schauspielerin", hörte ich Susan zu Vaughn sagen.

Mama hörte es auch. „Früher wollte ich auch Schauspielerin werden", sagte sie. Alle außer Daddy sahen sie erstaunt an. „Ich ging ins Kino und las Filmzeitschriften und so etwas. Aber im Leben einer Frau kommt die Zeit, da sie ihre albernen Vorstellungen aufgeben, heiraten und Kinder kriegen und mit Gott ins Reine kommen muß."

Susan war sprachlos.

Zum Glück mußte sie auch nichts sagen, denn Roy stürmte herein. Na ja, es wäre Glück gewesen, wenn es nicht ein neues Faß aufgemacht hätte.

„Schwesterchen!" rief Roy. Mit ihm kam ein schmächtiges Mädchen mit großen braunen Augen und schwarzen Locken. „Wir haben draußen diesen feinen Schlitten gesehen und uns gefragt, wem er gehört. Ist das deiner, Schwesterherz?“

„Nein.“ Ich nickte in Susans Richtung. „Er gehört ihr.“

„Ach, ich dachte schon, du hast ihn von dem Geld gekauft, das du mit deiner Platte gemacht hast. Im Drugstore in Morgan ist sie in der Musikbox. Wir waren vor kurzem da, und ich hab’ sie aufgelegt und allen erzählt, daß das meine kleine Schwester ist.“

Das Mädchen lächelte. „Es war mir schrecklich peinlich.“

Roy drückte sie an sich. Offensichtlich war er verrückt nach ihr. „Das ist Delia. Wir heiraten bald, und dann gehen wir nach Georgia.“

„Das hat Mama schon erzählt.“

„Ja, ich hab’ einen Job in der Textilfabrik in Lynnville gefunden. Ich sag’ immer zu Daddy und Vaughn, daß der Bergbau keine Zukunft hat. Sie haben hier schon Leute entlassen und den Betrieb verkleinert. Besser, ich gehe, bevor sie mich rausschmeißen. Vaughn sollte das auch tun, aber er hört nicht auf mich. Stimmt’s, Vaughn?“

Vaughn sah Roy an, die Augen voller Wut. „Großer Gott, Roy, kann ich nicht mal in Ruhe essen, ohne daß du davon anfängst? Wenn du nach Georgia willst und Waschlappen herstellen, ist das dein Bier. Aber ich und Daddy, wir sind Kumpel. Nicht wahr, Daddy?“

Ich sah Delia Roy einen flehenden Blick zuwerfen.

„Tut mir leid, Leute, daß ich euch beim Essen gestört habe.“ Roy hörte sich an, als spräche er zu völlig Fremden. „Schätze, wir müssen weiter. War schön, dich zu sehen, Glenda.“

„Nett, dich kennengelernt zu haben, Delia." Ich hatte das Gefühl, ihr etwas Freundliches sagen zu müssen. Wahrscheinlich konnte sie es kaum erwarten, nach Georgia zu kommen, ganz weit weg von meiner Familie.

Ich und Susan blieben nach dem Essen nicht mehr lange. Wir waren noch weit weg von Nashville und sehr erpicht darauf, dorthin zu kommen.

Mama folgte uns auf die Veranda. Sie legte ihre Hand an meine Wange und sagte: „Ich mache mir Sorgen um dich, Glenda Fay."

„Ich weiß, Mama." Ich hatte Tränen in den Augen, als ich ins Auto stieg.

„Na, das war ja ein Faß voll Gelächter", sagte Susan, als sie den Wagen anließ.

„Was meinst du damit?"

„Oh, nichts. Es hatte nur nicht den Anschein, als wären deine Eltern ein klein wenig stolz auf dich... oder freuten sich, dich zu sehen... oder sonst etwas."

„Sie haben sich gefreut, mich zu sehen."

„Du lieber Himmel, was machen sie denn, wenn sie sich nicht freuen? Auf dich schießen?"

„Nein, es ist... ach, ich weiß nicht. Es ist schwierig zu erklären. Du bist einfach an Leute aus den Bergen nicht gewöhnt."

„Scheint so. Bei mir zu Hause gehen die Mundwinkel der Leute nach oben, wenn sie sich freuen, dich zu sehen."

„Aber ich sehe nicht, daß du deine perfekte Familie dauernd besuchst."

„Meine Eltern sind nicht perfekt. Genau gesagt, sind

sie perfekte Arschlöcher. Aber sie... sie haben wenigstens Manieren."

Langsam wurde ich wirklich sauer. „Tut mir leid, daß wir nicht deine Erziehung in Charme haben. Es ist nur so, Charme bietet sich nicht gerade an, wenn du alle Hände voll zu tun hast, für die nächste Mahlzeit zu sorgen."

Susan seufzte. „Entschuldige bitte. Ich möchte nicht wie ein verwöhnter reicher Fratz klingen. Es war nur alles so fremd für mich. Und deine Brüder sind sehr nett."

„O ja, Vaughn war wirklich sehr nett. Macht dir schöne Augen, während du tolle Geschichten erzählst. Die große *Schauspielerin.*"

Susan war wütend, was ich an ihrem zu schnellen Fahren merkte. „Glenda, das ist absolut lächerlich, und das weißt du. Du weißt, daß ich mir aus Jungs nichts mache."

Daß Susan sich aus Jungen nichts machte, wußte ich, aber es war mir egal. Ich wollte gemein sein, einen Streit vom Zaun brechen.

„Das scheint dich aber nicht abgehalten zu haben, ihn beeindrucken zu wollen. Du hast Publikum gern, stimmt doch, oder? Jemand, der mit großen Augen dasitzt und sagt: ‚Hast du das wirklich getan, Susan? Hast du das wirklich gesagt? O Susan, du bist sooo klug. O Susan, du bist sooo interessant.' Du brauchst gar nicht mit einer Person zusammenzusein, Susan. Ein großes Ohr wäre viel passender."

Sie sah mich an, und eine Träne lief ihre Wange hinunter. Es war das allererstemal, daß ich sie weinen sah. „Früher hast du meine Geschichten doch gemocht", flüsterte sie.

Ich fühlte mich schrecklich. „Entschuldige. Ich mag deine Geschichten immer noch. Nur... wenn ich ein Junge wäre und dich mit nach Hause gebracht hätte, hätte Vaughn genau gewußt, daß er dir nicht zu nahe kommen darf."

Susan wischte sich das Gesicht ab. „Das Leben ist kompliziert, was?" Sie steckte sich eine Zigarette an. „Du lieber Gott, wie kann er nur so blind sein? Ich bin doch ein großer starker kesser Vater!"

Wir fingen beide zu lachen an – die Sorte Lachen, die bloßliegende Nerven beruhigt.

Als wir uns wieder gefaßt hatten, fragte ich: „Susan, was ist ein kesser Vater?"

Darauf bekam sie einen solchen Lachanfall, daß sie an den Straßenrand fahren und anhalten mußte.

13

„Nun hören Sie mal gut zu“, sagte Big Bert, nachdem Susan und ich im Büro von Venus Records Platz genommen hatten. „Daß Sie Rock ’n’ Roll singen, heißt nicht, daß Sie keine ehrbare junge Dame sind. Verstehen Sie mich richtig. Sie sollen auf der Bühne hübsch aussehen, aber auf keinen Fall billig oder vulgär. Im ganzen Land werden die Mädchen es Ihnen nachmachen, und wir wollen nicht, daß das für die Eltern ein Grund zur Besorgnis wird. Sie wissen, was ich meine?“

„Ja, Sir“, sagte ich und betrachtete die goldenen Schallplatten, mit denen die Wände gepflastert waren.

„Gut. Sie dürfen auf der Bühne ruhig ein bißchen mit den Hüften wackeln, aber bitte keine Bewegungen, die, Sie wissen schon... aufreizend wirken könnten.“

„Sie meinen, ich darf mich nicht wie Zagus Peavley bewegen?“

„Um Gottes willen, nein. Ein hübsches junges Mädchen, das seinen Hintern wie er schwenkt, würde einen Skandal verursachen.“ Er zog an seiner Zigarre. „Und was die Kleidung angeht... wie alt sind Sie, Glenda?“

„Achtzehn.“

„Also sind Sie noch ein Teenager. Also kleiden Sie sich auch wie ein Teenager. Ich habe Fotos von Ihnen in hautengen Kleidern gesehen, und offen gesagt, ich finde, dafür sind Sie noch zu jung. Nichts gegen Pullover und Röcke oder meinetwegen Jeans und Stiefel auf der Bühne. Das tragen die Mädchen im Publikum auch, und es bringt die Leute nicht auf dumme Gedanken, verstehen Sie?"

„Ja, Sir."

Ich wollte nicht wie irgendein blöder Teenager aussehen. Ich wollte aussehen wie eine Diva. Aber ich wünschte mir diesen Vertrag so sehr, daß ich auch im Mehlsack aufgetreten wäre, wenn Big Bert das verlangt hätte.

Er wandte sich an Susan. „Und was machen Sie?"

„Ich bin ihre Managerin."

Big Bert lachte. „Nun, Schätzchen, Sie haben sich gerade aus Ihrem Job herausgemanagt. Solange Glenda bei uns unter Vertrag steht, kümmere ich mich um ihre Karriere." Er sah mich an. „Bereit zu 'ner Aufnahme?"

Ich nahm „Shake it Loose" auf und für die B-Seite „Leaving Me Blue". Big Bert hatte für mich ein paar wirklich professionelle Musiker organisiert, einen Bassisten und einen Schlagzeuger. Wir harmonierten großartig. Zu schade, daß Susan uns nicht hören konnte. Big Bert hatte sie nicht ins Studio gelassen.

Wenn ich heute zurückblicke, denke ich, Susan wurde in Nashville vom ersten Tag an von allem ausgeschlossen, und ich war einfach zu beschäftigt, um es zu bemerken.

Nashville war für mich definitiv der richtige Ort, meine Karriere im Musikgeschäft zu machen, aber für Susans Schauspielkarriere gab er nichts her. Und nun, da ich langsam ich selbst wurde, hing ich nicht mehr wie früher an Susans Lippen. Ihre Träume waren eingefroren, und ich war nicht mehr ihre in Anbetung versunkene kleine Schülerin.

Als wir schon zwei Monate in Nashville wohnten, geschah eines Abends das Unausweichliche. Wir hatten eine Weile in verschiedenen Kreisen verkehrt. Susan hing nicht gern mit meinen Musikerfreunden herum; sie sagte, sie hätte seit Shady Grove genug von denen.

Sie fing an, abends allein auszugehen, gekleidet in Hemd und Hose. Als ich fragte, ob ich mitgehen könnte, hatte sie geantwortet: „Geh mit deinen Gitarrentypen spielen, Glenda. Du bist jetzt berühmt. Wo ich hingehe, da darfst du nicht gesehen werden."

So gingen wir getrennte Wege und trafen uns morgens gegen zwei im Bett.

Mit Ausnahme dieses Abends. Ich war in einer Bar gewesen, in der die Opry-Leute nach ihrer Show verkehrten, und kam gegen Viertel nach eins nach Hause. Als ich den Schlüssel ins Schloß steckte, hörte ich drinnen Bessie Smith. Ich ging hinein und fand Susan auf der Couch zusammen mit einem Mädchen mit hochhackigen Schuhen, geblümtem Kleid und kastanienbraunem Haar. Dem Aussehen nach war sie jünger als ich, und sie himmelte Susan an, als wäre sie das achte Weltwunder.

Als Susan mich sah, versuchte sie zu tun, als ginge gar nichts vor. „Glenda", sagte sie und legte ein breites falsches Lächeln auf. „Das ist Dixie."

Selbst wenn sie den lockeren Tonfall besser hingekriegt hätte, hätte die Angst in Dixies Augen mir gesagt, was los war. Zuerst wollte ich auf sie einschlagen, sie an den Haaren ziehen, sie in einen Kampf auf Leben und

Tod zwingen, aber dann ging mir auf, es war nicht ihre Schuld. Sie konnte nicht wissen, daß Susan eine Freundin hatte.

„Dixie", sagte ich mit zittriger Stimme. „Es ist sehr spät. Solltest du nicht lieber nach Hause gehen?"

Kaum war sie aus der Tür – und glauben Sie mir, das ging schnell –, sagte ich zu Susan, und meine Stimme war überraschend ruhig: „Das war's."

Sie sah mich an, als redete ich in einer ihr unbekannten Fremdsprache. „Was?"

„Das war's. Es ist vorbei."

„Was?"

„Mit uns."

„Darf ich nicht wenigstens erklären?"

„Da gibt's nichts zu erklären. Ich habe Augen im Kopf. Ich weiß, was ich gesehen habe."

„Glenda –"

„Dixie – daß ich nicht kichere! Da hast du dir ja was angelacht. Ich wette, es gibt Unmengen Sachen, die du ihr beibringen kannst. Nun, ich hoffe, du hast Spaß an deiner neuen Schülerin, ich für mein Teil habe nämlich gerade Examen gemacht."

Wie ein wildes Tier lief sie auf und ab. „Du kannst mich doch nicht einfach verlassen, Glenda. Du hast mich in diese fremde Stadt gebracht –"

„Du scheinst keine Probleme zu haben, Freundinnen zu finden."

„Ich hab' keinen Job. Und auch keine Wohnung."

„Du kannst das gottverdammte Apartment behalten. Für die nächsten zwei Monate ist sogar die Miete bezahlt.

Das verschafft dir Zeit zum Überlegen, was du tun willst. Daß ich dir dieses Angebot mache, ist wahrscheinlich der Beweis, daß ich einen Heiligenschein habe – oder daß ich die blödeste Idiotin bin, die je gelebt hat. Ich schlafe heute nacht auf der Couch. Und morgen früh ziehe ich aus."

Wahrscheinlich überließ ich Susan die Wohnung, weil ich ihr nicht genügend Aufmerksamkeit geschenkt und deshalb ein schlechtes Gewissen hatte. Manchmal frage ich mich, ob Susan die Sache mit Dixie absichtlich arrangiert hatte.

Ich mußte mich nicht nach einer neuen Wohnung umsehen, denn am nächsten Morgen um sieben rief Big Bert an.

„Hallo, Glenda", sagte er. „Es tut mir leid, Sie aus dem Bett zu klingeln. Aber wenn Sie den Grund meines Anrufs kennen, werden Sie nicht mehr sauer sein."

„Was ist denn?" Ich hatte mich vor vier Stunden in den Schlaf geheult, und meine Zunge fühlte sich wie ein trockener Schwamm an.

„Jimmy Lee Sizemore muß aus der von Venus gesponserten Tournee mit Tommy Kain und Octavius Richey aussteigen. Er hatte einen Zusammenbruch auf der Bühne. Nervöse Erschöpfung. So sagen wir jedenfalls. In Wirklichkeit war es mehr eine Alkoholvergiftung. Der gute Jimmy hat zuviel gesoffen und kann seinen Teil des Vertrags nicht erfüllen, also brauchen wir jemand, der ihn ersetzt."

„Sie fragen mich, ob ich mit Kain und Richey auf Tournee gehe?"

„Genau. Das Problem ist – es muß sofort sein. Morgen abend in Memphis muß jemand Jimmy Lees Platz einnehmen."

Ich packte in Windeseile meinen Koffer und war verschwunden, noch bevor Susan aufwachte.

14

Octavius Richey war der erste schwarze Mann, den ich kennenlernte. Sehen Sie mich nicht an, als hätte ich eine weiße Kapuze auf. Überlegen Sie mal. Das war 1957, als die Rassentrennung noch streng eingehalten wurde, und ich war ein kleines Mädchen aus der tiefsten Provinz von Kentucky. Natürlich hatte ich vorher schon schwarze Menschen gesehen, zum Beispiel damals in Argon im Wald, aber Octavius Richey war die erste schwarze Person, die mein Freund wurde.

An diesem ersten Tag im Tourneebus nach Memphis saß ich da, als hätte ich einen Schlag auf den Kopf gekriegt. Es ging alles so schnell.

Innerhalb von acht Stunden hatte ich meine Freundin verlassen, meine Habseligkeiten gepackt und in diesem Bus voller fremder Menschen verstaut, der für die nächste Zeit mein Zuhause war. Ich war nicht in der Lage, mich zu freuen, daß ich auf Konzertreise ging. Jedesmal wenn ich es versuchte, tauchte vor meinem inneren Auge Dixie auf, wie sie Susan mit großen blauen Augen anhimmelte – wie ich sie angehimmelt hatte.

„Was ist los, Mädchen? Zu fein, mit Leuten wie Mr. Kain und mir zu reden?"

Ich sah auf und erblickte einen schlanken Mann in

rosafarbener Jacke, rosa Hose und anthrazitfarbenem Hemd. Er war sicher nicht größer als einsachtzig, aber seine Frisur fügte dem mindestens noch zehn Zentimeter hinzu. Es war die unglaublichste Frisur, die ich je gesehen hatte. Sie erhob sich schimmernd und schwarz wie ein Kirchturm über seinem Kopf. Seine Haut hatte die Farbe von Kaffee mit einem kleinen Schuß Sahne, und wenn er lächelte, funkelte rechts oben ein goldener Schneidezahn. So wie er aussah, hätte es mich nicht erstaunt, wenn er damit geboren worden wäre.

„Oh, Entschuldigung“, antwortete ich. „Ich wollte nicht unfreundlich sein. Ich bin nur gestern sehr spät ins Bett gekommen, und Big Bert hat mich um sieben schon wieder rausgeholt.“

„Mit den Hunden nachts heulen und mit den Hühnern aufstehen, was?“

„So könnte man sagen.“

„Das geht schon in Ordnung. Ich wollte nur sichergehen, daß alles okay ist. Weiße werden manchmal komisch, wenn Schwarze in der Nähe sind, wissen Sie.“

„O Gott, nein, das ist es wirklich nicht –“

„Nein, wie niedlich, sie wird ja rot“, kreischte er. „Nun sind Sie auch farbig, bloß rot statt schwarz.“ Er warf den Kopf zurück und gackerte wie ein Huhn. „Ich liebe es, Weiße verlegen zu machen.“

„Hör auf, auf der Kleinen herumzuhacken“, dröhnte eine Stimme hinter ihm. Das war Tommy Kain, klein und drahtig wie ein Hahn und doppelt so eitel. Er trank aus einem Flachmann und rauchte.

„Welche Ehre, eine Dame an Bord zu haben“, sagte er,

wischte den Flachmann am Hemdsaum ab und bot mir einen Schluck an.

Octavius stieß Tommy in die Seite. „Man sieht doch gleich, daß er ein Gentleman ist. Wischt den Sabber von der Flasche, bevor er einen Drink anbietet. Am Hemdsaum, drunter tut er's nicht."

Ich nahm die Flasche und machte drei große Schlucke. Das brauchte ich, nach dieser schrecklichen Nacht.

„Guck doch mal, wie die Kleine hinlangt!" jubelte Octavius. „Ich glaube, das wird 'n feiner Trip."

Das wurde es. Wir legten eine fetzige Show hin, dann saßen wir die halbe Nacht, tranken und spielten Gitarre. Erst wenn ich am frühen Morgen in meinem Hotelzimmer allein war, weinte ich wegen Susan.

Schätzchen, ich könnte ein ganzes Buch mit Geschichten über Tommy und Octavius füllen. Tommy war der widersprüchlichste Mensch, den ich je kennengelernt habe. Ein Gentleman und ein Gauner. Ein armer Weißer aus Mississippi, aber kein Rassist. Er sagte, dafür hätte er zu lange Baumwolle gepflückt. Er war voller Geheimnisse.

Eines Abends war ich auf seinem Zimmer. Octavius hatte mal wieder Kopfschmerzen und war zeitig ins Bett gegangen; Jeb, der Bassist, und Les, der Schlagzeuger, zogen mit ein paar Mädchen durch die Kneipen. Tommy und ich waren allein und tranken Bourbon aus der Flasche. Wir hatten Bergarbeiter in Kentucky mit Farmpächtern in Mississippi verglichen, und plötzlich sah er mich an und fragte: „Hast du einen Freund, Glenda?"

Mir zog sich der Magen zusammen. Ich liebte Tommy inzwischen wie meine Brüder. Ich wollte nicht, daß er was Falsches tat und alles durcheinanderbrachte. „Nein, aber –“

„Das ist aber schade. Du solltest dir einen besorgen.“ Als müßte ich bloß in den Laden an der nächsten Ecke gehen und mir einen kaufen. „Du bist hübsch, Glenda. Gerade überlegte ich, ob ich dich fragen sollte, die Nacht bei mir zu bleiben, aber als verheirateter Mann darf ich das nicht.“

„Tommy, du bist *verheiratet?*“ Davon hatte er nie ein Wort gesagt.

Er sah mich ernst an, betrunken, aber ernst. „Glenda, versprich mir, daß du niemandem was davon sagst. Niemand weiß davon, nicht mal Octavius oder Big Bert.“

„Versprochen. Aber warum ist es ein großes Geheimnis?“ Ich wußte ja, warum ich über mein Liebesleben den Mund halten mußte, aber Tommy?

„Es wäre einfach nicht gut. Sie lebt noch bei Mama und Papa, da wo ich herkomme. Sie wissen nicht, daß wir verheiratet sind. Sie ist erst vierzehn.“

Ich sagte nichts. Bei uns in den Bergen kam das auch alle Nase lang vor. „Wahrscheinlich ist es sehr vernünftig, es nicht jedem zu erzählen.“

„Ich liebe sie, Glenda. Ich liebe sie von ganzem Herzen.“ Er zog seine Brieftasche heraus. „Das ist ein Foto von ihr. Ist sie nicht das hübscheste Ding, das du je gesehen hast?“

Es war das Schulfoto einer übermütigen Vierzehnjährigen vom Land. „Wirklich“, sagte ich und dachte an Susan und mich. „Paß gut auf sie auf, Tommy. Tu ihr nie weh.“

„O nein, Glenda“, sagte er ernst. „Das würde ich nie tun.“

Einmal, als wir in Cincinnati waren, gingen Tommy und ich Sandwiches für alle kaufen. Die verschiedenen Angebote hingen an der Wand, und ich bestellte für Octavius, Jeb, Les und mich. Als ich mich umdrehte, um Tommy zu fragen, was er haben wollte, starrte er verlegen auf seine Schuhspitzen. „Haben sie... Schinkensandwich?“ fragte er. Direkt vor ihm hing unübersehbar ein Schild, auf dem stand: Schinkensandwich, 35 Cents.

Da begriff ich, Tommy konnte nicht lesen. Er schrieb die tollsten Rockabillysongs der Welt, aber das geschah in seinem Kopf, nicht auf Papier. Ich habe ihm nie gesagt, daß ich sein Geheimnis kannte, aber von da an bestellte ich im Restaurant für ihn und achtete darauf, wichtige Schilder laut vorzulesen. Es war eine stillschweigende Übereinkunft. Niemals hätte ich gesagt, daß er nicht lesen konnte, aber ich versuchte, ihm die Peinlichkeit, in die ihn das brachte, so weit wie möglich zu ersparen.

Octavius und ich hatten natürlich auch eine stillschweigende Übereinkunft. Ich war fünfundneunzigprozentig sicher, daß er stockschwul war, und ich wußte, daß er dasselbe von mir dachte. Bei ihm war es nicht zu übersehen.

1957 trugen die meisten Männer graue Flanellanzüge. Kein Heteromann wäre herumgelaufen wie Octavius, der auf der Bühne einen rosa Satinanzug und ein passend dazu gefärbtes Nerzcape trug. Heteromänner, die 1957 rebellieren wollten, gaben sich nicht glamourös, sondern eher rauhbeinig.

Ich glaube, er durchschaute mich, weil ich nie ein Wort über mein Liebesleben verlor. Ich erzählte von meiner Kindheit, meiner Familie, meiner Musik, anderer Leute Musik, aber nie war die Rede von einem Freund. Mit der Zeit mußte er Verdacht schöpfen. An irgendwen mußten sich meine Liebeslieder ja richten.

Unser Augenblick der Wahrheit kam eines Abends nach einer häßlichen Szene in Chattanooga. Unsere Vorstellung begann um acht. So gegen halb sieben kamen Tommy, Jeb, Les, ich und Octavius zum Aufbau, Soundcheck undsoweiter.

Der Sicherheitsbeamte nickte den ersten vier von uns bloß zu, als wir an ihm vorbei durch den Haupteingang gingen, aber als Octavius an ihm vorbeiwollte, packte er ihn am Ärmel.

„Entschuldigung, Sir", sagte Octavius. „Wissen Sie, wieviel ich für diesen Anzug bezahlt habe?"

„Hören Sie, ich will keine Schwierigkeiten", antwortete der Wachmann sichtlich nervös. „Aber wenn Sie was abgeben wollen, müssen Sie den Hintereingang benutzen."

„Das einzige, was ich hier abgebe", zischte Octavius, „ist mein Talent auf der Bühne."

„Wie bitte?" Der Wachmann war unübersehbar mehr als irritiert.

„Er tritt heute abend hier auf", mischte ich mich ein. „Das ist Octavius Richey."

Der Wachmann kniff die Augen zusammen. „Er sieht aber nicht wie Octavius Richey aus."

„Wem seh' ich denn Ihrer Meinung nach ähnlich? Bessie Smith?"

„Zeig ihm irgendeinen Ausweis, Octavius", sagte ich.

Murrend zog er seine Brieftasche aus der purpurroten Hose. „Da", sagte er und hielt dem Mann eine Karte hin.

„Oh... es tut mir wirklich leid. Ich hab' Sie im Radio gehört, und Sie klangen überhaupt nicht wie... nun... wie ein Farbiger."

„Gott helfe mir, ich habe mich in Pat Boone verwandelt." Octavius schnappte seinen Ausweis und ging an dem Mann vorbei.

Octavius war toll an diesem Abend, aber ich wußte, der Vorfall am Eingang hatte ihn schwer getroffen. Als Tommy sagte: „Okie, heute kauf' ich das Bier für die Party" – er nannte Octavius immer Okie, weil Octavius ihm zu mühsam war –, antwortete Octavius: „Schätzchen, keine Party für mich heute abend. Meine Haut sieht gar nicht gut aus, das harte Leben und so. Ich brauche meinen Schönheitsschlaf."

Eine Weile hing ich in Tommys Zimmer herum, dann schnappte ich mir zwei Bier und ging nach Octavius schauen. Ich hämmerte an die Bustür, bis er aufmachte. Er trug einen purpurroten Schlafanzug.

„Wenn du die Party zu mir verlegen willst, dann sollte es eine Nachthemdparty werden."

„Ich dachte, du magst vielleicht noch ein Bier zum Einschlafen."

„Ich ziehe das Kopfkissen vor."

„Kann ich trotzdem eine Minute reinkommen?"

„Ich denke schon, wenn du mich ansiehst wie ein hungriges Kind vom Land. Du darfst dich auch auf meine Liege setzen. Auf zur Nachthemdparty, von Frau zu Frau."

Ich setzte mich und trank schweigend mein Bier. Schließlich sagte ich: „Mir hat überhaupt nicht gefallen, was heute abend am Eingang passiert ist. Ich weiß, daß es so was – und Schlimmeres – gibt, aber ich war zum erstenmal dabei."

„Vielleicht ist es dir bloß zum erstenmal aufgefallen."

„Vielleicht. Und es war besonders schlimm, weil... ja, weil du mein Freund bist."

„Du bist süß, Glenda." Er tätschelte meine Hand. „Nun, ich würde lügen, wenn ich sagte, daß es mir nichts ausmacht. Mit den ganzen Unbequemlichkeiten kann ich mich abfinden – im Bus schlafen, in den Eimer pinkeln, wenn es keinen Waschraum für Farbige gibt, mich in dem Topf mit heißem Wasser waschen, den du mir jeden Morgen bringst. Aber Sachen wie die heute abend machen mich so wütend, daß ich Feuer speien könnte. Davon abgesehen bin ich glücklich. Ich verdiene mehr Geld im Jahr als dieser beschissene weiße Wachmann in fünf. Und ich danke dem Herrn, daß er mir meine Stimme gegeben hat. Hätte ich die nicht, würde ich wahrscheinlich in Alabama an einem Ast baumeln."

„Sag so was nicht."

„Warum nicht? Es ist die Wahrheit." Er setzte sich neben mich auf die Liege. „Aber davon will ich nicht reden. Es ist langweilig. Langweilig. Langweilig. Also... du bist zu einer sehr unchristlichen Zeit bei mir eingedrungen. Ich denke, das bedeutet, wir müssen über dich reden."

„Du weißt doch alles über mich."

Er verzog das Gesicht und trällerte: „Ich denke, viellei-ei-eicht."

„Was soll das denn heißen?"

„Es heißt, mein Schatz, daß ich im Zirkus die Clowns gesehen habe und weiß, wenn ein Mädchen unter zwanzig nicht andauernd über Jungen schnattert, dann hat das wahrscheinlich einen Grund. Und sag bloß nicht, das hinge damit zusammen, daß du ein gutes Mädchen bist. Ich habe gesehen, wie du tanzt, und, Schätzchen, du bist kein gutes Mädchen."

Ich starrte in meine Bierflasche, als stünde da geschrieben, was ich antworten sollte.

„Nun komm schon, Mädchen. Du weißt doch über mich Bescheid. Keine Frau sitzt mit einem Mann auf der Liege in einem dunklen Bus, wenn sie nicht weiß, daß sie sicher ist. Was ich also wissen möchte, Glenda", sagte er und klimperte mit den Wimpern. „Bin ich mit dir sicher?"

Ich kicherte. „Du bist furchtbar niedlich, aber trotzdem sicher."

Er grinste. „Ich wußte es! Ich wußte, du gehörst dazu!" Er drückte ein Kissen gegen seine Brust. „Gehst du gerade mit einer bestimmten?"

Vor mir tauchte Susans Gesicht auf, aber ich antwortete: „Nein. Im Augenblick nicht. Und du?"

„Kind, wenn meine Stimme zu meinem Liebesleben paßte, *wäre* ich Miss Bessie Smith."

„Wie schade. Du verdienst jemand ganz Besonderen. Ich war mit einer zusammen, aber... du erinnerst dich an den Tag, an dem ich zu euch stieß und so still war?"

„Klar. Ich fand, du seist ein Prachtweib."

„Nun, am Abend davor hatten Susan und ich uns getrennt. Ich hatte sie mit einer anderen erwischt."

„Sie wollte es dir zeigen, oder?"

„Ich glaube, ja. Zum Teil war es auch meine Schuld. Ich habe sie nicht so gut behandelt, wie ich gekonnt hätte."

„Du liebst sie noch?"

Tränen stiegen mir in die Augen. „Ja."

„Vielleicht solltest du sie anrufen und herausfinden, ob sie auch so fühlt."

„Vielleicht. Aber ich bin immer noch wütend auf sie."

„Laß dir Zeit, aber ruf sie an."

Ich drückte seine Hand. „Vielleicht mach' ich das."

„Soll ich dir was sagen?" Octavius strahlte. „Machen wir endlich unsere Nachthemdparty! Warum sollen wir beide einsam in unseren Betten liegen, und hier bist du sicherer als im Bett deiner Großmutter."

„Und wenn Tommy und Jeb und Les herausfinden, daß ich heute nacht bei dir war?"

„Oh, ich denke, sie haben genügend Menschenverstand, daß sie wissen, ich bin nicht gerade der Typ zum Heiraten. Und wenn nicht... wenn sie denken, du und ich seien zwei rollige Katzen... nun, das wäre doch *der* Kick für sie, meinst du nicht?"

Octavius und ich kuschelten uns auf der Liege aneinander – nicht wie zwei rollige Katzen, sondern wie zwei Kätzchen, die sich im Heu aneinanderschmiegen auf der Suche nach Wärme und Freundschaft.

15

Ich konnte es nicht fassen. Nachdem wir dreieinhalb Monate unterwegs waren, sollten wir in Dallas das Opening für Zagus Peavley machen.

Normalerweise war Octavius unsere Hauptattraktion. Ich machte den Anfang (weil ich eine Frau war, war ich auch immer am kleinsten plakatiert – typisch für die Zeit!), dann kam Tommy, dann Octavius, der von uns dreien die meisten Hits hatte. Aber Zagus Peavley war so gigantisch, daß es uns alle drei fürs Opening brauchte. Mir war klar, daß ich als Rockabillysänger*in* nie so groß wie Zagus werden würde; für ihn das Opening zu machen – höher konnte ich wohl nicht kommen.

Am Tag des Konzerts war ich high, emotional meine ich – higher ging es nicht mehr. Ich hatte das Gefühl, daß alles in meinem Leben stimmte, mit einer Ausnahme, und deshalb nagte diese Ausnahme an mir wie ein abgebrochener Fingernagel, an dem du immerfort rumfummeln mußt, selbst wenn es wehtut.

Die Ausnahme, das war Susan. Ich hatte meine Karriere, meine Musik, meine Freunde, bloß nicht die Frau, die ich liebte.

Alles wäre perfekt, sagte ich zu mir, während wir Richtung Dallas fuhren, wenn ich nur Susan hätte. Natürlich ist nie alles perfekt; so funktioniert das Leben einfach nicht. Aber das wußte ich damals noch nicht.

An diesem Abend, noch vor der Vorstellung, beschloß ich zu tun, was Octavius mir geraten hatte: sie anzurufen. Wenn sonst nichts, könnte ich ihr wenigstens erzählen, daß ich das Opening für Zagus Peavley war. Sie hatte soviel für meine Karriere getan; sie mußte stolz sein.

Vor dem Theater war eine Telefonzelle. Weil ich annahm, sie habe immer noch die gleiche Adresse, wählte ich meine frühere Nummer. Nach dreimal Läuten zog sich mir die Kehle zu, und ich wollte schon aufhängen. Aber da meldete sich eine weibliche Stimme: „Hallo?"

„Hallo, Susan. Rate, wer dran ist!" plapperte ich. „Ich bin in Dallas und mache das Opening für Zagus Peavley."

Eine Pause entstand, dann sagte die Stimme: „Susan ist nicht da. Kann ich was ausrichten?"

Ich knallte den Hörer so heftig auf die Gabel, daß das Telefon anfing, Münzen zu spucken. Wie konnte sie mit einer Fremden in *unserer* Wohnung zusammenleben? Egal ob mit Dixie oder einer anderen Minderjährigen, die sie mit ihrer Kultiviertheit rumgekriegt hatte.

Ich stürmte in meine Garderobe, schnappte einen Fetzen Papier und kritzelte die Worte eines neuen Songs darauf. Ich war eben fertig, als Jeb an die Tür klopfte. „Fertig, Glenda?"

Ich knallte Lippenstift auf den Mund und fuhr mir durchs Haar. „Komme schon", rief ich und klemmte die Ohrringe an, dann griff ich nach der Gitarre. „Ich fange mit einem Stück an, das ich eben geschrieben habe. Ihr fummelt euch ein, so gut es geht."

„Bist du verrückt geworden?“ fragte Jeb. „Dies ist der größte Auftritt, den wir je hatten. Du kannst nicht mit etwas anfangen, das Les und ich nicht mal kennen.“

„Ihr seid doch intelligent. Ihr macht das schon.“

Als die Scheinwerfer angingen, blickte ich in das größte Publikum, das ich je gesehen hatte, machte ein paar heiße Gitarrengriffe und fauchte ins Mikrofon.

You're a real gone cat, you make me purr.
You know just how to stroke my fur.
But now I hear from the kittens downtown
That you've been out tom-cattin' 'round.

Well, the fur's gonna fly if you won't be true.
Yeah, the fur' gonna fly – I'm tellin' you.
I may seem tame, but beware because
This little kitten's got her a set of claws.

„Und weiß sie zu gebrauchen. Miau!“ zischte ich ins Mikro. Beim zweiten Chorus hatten Jeb und Les den Bogen raus, und die Kids im Publikum tanzten im Gang. Wenn alle, denen die Liebste untreu geworden ist, ihre Wut auf der Bühne vor tausend Leuten rausschreien könnten, ginge es ihnen bedeutend besser, das können Sie mir glauben.

Danach sang ich noch meine beiden Hits und die eine B-Seite von mir, und die Leute klatschten und klatschten. Natürlich forderten sie keine Zugabe, denn sie warteten ja auf Zagus Peavley. Aber das ging schon in Ordnung. Und mir ging's fein.

Tommy und Octavius waren gut wie immer, daran war ich gewöhnt. Und dann kam Zagus Peavley. So etwas hatte ich noch nicht erlebt. An dem Jungen war etwas, das ihn jeden Raum füllen ließ. Nein, nicht füllen, sondern überströmen. Als er an diesem Abend im silbernen Anzug auf die Bühne stolzierte, war er der Star der Stars.

Körperlich war er nicht sonderlich eindrucksvoll. Schlank, muskulös, mittelgroß. Sein kohlrabenschwarzes Haar schien sich für jede Frisur zu eignen, ausgenommen vielleicht eine Hochfrisur. Obwohl er Weißer sein sollte, war seine Haut nur ein paar Schattierungen heller als die von Octavius. Es hieß, sein Vater, der früh gestorben war, wäre ein Cherokee gewesen. Dafür sprachen auch seine hohen Backenknochen und die rauchigen Gesichtszüge.

Genau das war er: smoky.

Für meinen Auftritt galt: Ich loderte vor jugendlicher Energie. Tommys Gitarrengriffe waren ein Feuerwerk, und Octavius explodierte wie eine Atombombe. Aber der Auftritt von Zagus qualmte und blubberte wie ein Topf auf dem Herd kurz vorm Überkochen. Auch seine Stimme war wie Rauch, warm umschmeichelte sie deine Trommelfelle.

Über sein Tanzen ist in all den Jahren viel geredet worden. Pfarrer zogen darüber her und nannten es eine Beleidigung von Sitte und Anstand. Aber damals in Argon hatte ich Menschen, die plötzlich den Geist Gottes in sich fühlten, mit der gleichen Leidenschaft tanzen gesehen. Wenn Zagus die Hüften schwenkte, hatte das nichts mit Sex zu tun, er fühlte in sich den Geist der Musik.

Nach der Show kramte ich in meiner Garderobe meine

Sachen zusammen und trank von dem Whisky, den Tommy mir in einen Pappbecher gekippt hatte. Da klopfte es leise an die Tür. „Ich nehm' nichts von dir, Octavius Richey!" brüllte ich. „Du bist schuld, daß ich heute abend den größten Fehler meines Lebens gemacht habe."

Eine sanfte, heisere Stimme sagte: „Hier ist aber nicht Octavius."

„Wer zum Teufel ist es dann?" Ich machte die Tür auf, und vor mir stand ein sehr verlegener Zagus Peavley.

Mein Gott, war mir das peinlich. „Oh, Mr. Peavley, es tut mir leid. Ich dachte, Sie –"

„Ich wäre Octavius. Ja, das hab' ich mitgekriegt." Er sprach schnell und zog die Wörter ineinander, aber der Südstaatenakzent war nicht zu überhören.

„Kommen Sie doch herein", versuchte ich meinen Ausrutscher wiedergutzumachen. „Ich würde Ihnen gern etwas anbieten, aber alles, was ich habe, ist dieser Becher mit Whisky."

„Ich nehm' einen Schluck davon, wenn ich darf."

„Aber gern. Bitte sehr."

Er trank, und dann sagte er: „Ich wollte Ihnen bloß sagen, wie gut mir Ihr Auftritt gefallen hat. Ich kenne nicht viele Mädchen, die so hart rocken können."

Ich faßte es nicht. Der Mann, der das Lied gesungen hatte, das mein ganzes Leben auf den Kopf stellte, machte mir Komplimente. „Oh, danke. Ich wußte nicht mal, daß Sie zugeguckt haben."

„Ich stand in der Kulisse, wo Sie mich nicht sehen konnten. Dieser erste Song – toll! Das hatte was. Sie sind ziemlich reizbar, stimmt's?"

„Das Lied hatte ich fünf Minuten zuvor geschrieben."

„Wirklich? So etwas hab' ich mir fast gedacht, denn Ihre Jungs sahen aus, als wollten sie sich in die Hosen machen. Hat Sie jemand geärgert?"

Ich hatte nicht vor, über das Telefongespräch zu reden. Wenn ich schon mit Zagus Peavley plauderte, sollte es jedenfalls nicht um Susan gehen. „Schon möglich", sagte ich und sah auf meine Schuhspitzen.

„Ärger mit dem Freund?"

„So was in der Art."

„Ich hab' 'ne Idee", sagte er. „Es gibt keinen Grund, warum wir hier billigen Whisky – nichts für ungut! – aus einem Pappbecher trinken sollten. Draußen steht mein Wagen, da gibt's gekühlten Champagner. Sie mögen Champagner?"

„Hab' noch keinen probiert."

„Sie werden ihn mögen. Ich kenne keine, die Champagner nicht mag."

Der Wagen war eine Limousine, groß wie ein Schiff und gold-metallic lackiert. Das beeindruckendste und protzigste Gefährt, das mir je untergekommen war. Als wir uns auf den Rücksitz gesetzt hatten, auf dem locker Platz für sechs Leute war, beugte Zagus sich zum Fahrer vor und sagte: „Ed, fahr uns ein bißchen durch die Gegend, bitte."

Der Champagner lag in einem Kübel mit Eis, daneben zwei Gläser, gerade als hätte er mit mir gerechnet. Als er den Korken knallen ließ, fuhr ich zusammen wie bei einem Schuß, und wir mußten beide lachen. Der Champagner hatte die Farbe von flüssigem Gold, und der erste

Schluck kitzelte mich bis in den Magen. „Fühlt sich lustig an beim Runterschlucken“, sagte ich.

„Ja“, antwortete er. „Sprudelt besser als Cola.“

Es hätte mir klar sein müssen, daß Zagus vorhatte, mich zu verführen. Aber ich hatte die ganzen letzten Monate mit Männern gemeinsam getrunken und mir nichts dabei gedacht. Klar, Octavius war schwul und Tommy verheiratet. Zagus Peavley jedenfalls war ledig und wunderbar und die Nummer eins in den Charts, und deshalb glaubte er wohl, wie jedes andere Mädchen auf der Welt wäre ich hinter ihm her.

Da ich aber an Jungs in dieser Beziehung nicht dachte, fielen mir die romantischen Untertöne – in seiner Limousine fahren und Champagner trinken – nicht mal auf. Soweit es mich betraf, waren wir zwei Rockabillysänger, die sich gegenseitig respektierten und gemeinsam einen Drink nahmen.

„Du kommst aus Kentucky, richtig?“ fragte Zagus.

„Ja, woher wissen Sie das?“

„Dein Akzent. Ein Dornenpflückerakzent reinsten Wassers.“

Ich schlug ihm leicht auf den Arm. „Sag nicht Dornenpflücker zu mir!“

„Ich denk’, ein Hinterwäldler aus Tennessee kann einen Dornenpflücker Dornenpflücker nennen, wenn er einen trifft.“ Er schenkte mir nach. „Du hast zu Anfang in der Kirche gesungen?“

„Genau. Ich dachte, es ging um Jesus, aber es war die Musik.“

„He, du, kein schlechtes Wort über Jesus.“ Er griff sich

ins Hemd und zog ein riesiges, mit Diamanten besetztes Kreuz hervor. „Zagus Peavley mag sonst wie alle anderen sein, aber auf zwei Leute läßt er nichts kommen. Und das sind Jesus und seine Mama."

„Du meinst die Jungfrau Maria?"

„Nein, *meine* Mama. Die Jungfrau Maria kann Velma Peavley nicht das Wasser reichen, ausgenommen die Sache mit der Jungfräulichkeit. Meine Mama hat mich aufgezogen in einer Hütte mit einem Raum, hat geflickt und gewaschen für andere Leute, damit wir über die Runden kamen."

„He, Mann, dagegen waren wir ja reich. Ich bin in einer Hütte mit zwei Zimmern großgeworden."

Zagus lachte. „Du bist ein komisches Mädchen, Glenda. Weißt du, was ich gemacht habe, als ich es geschafft hatte?"

„Was denn?"

Ich schenkte uns noch mal ein. Von Whisky wurde ich immer ganz schwer und müde, aber der Champagner gab mir das Gefühl, ich könnte davonschweben.

„Ihr ein brandneues Haus mit drei Zimmern und einen Cadillac gekauft."

„Ich hab' meiner Mama dies Jahr zu ihrem Geburtstag eine Nähmaschine geschenkt und dazu geschrieben, sie soll sich ein paar neue Kleider nähen, weil ich weiß, daß sie eher tot umfallen als ein Kleid von der Stange kaufen würde. Sündhafte Geldverschwendung, sagt sie."

„Das könnte von meiner Mama stammen."

„Meine Fr – mein Freund und ich haben uns ständig gestritten, weil ich Mama Geld geschickt habe."

„Trenn dich von ihm, wenn du es nicht schon getan hast. Ich würde mich mit keinem Mädchen einlassen, das kein Familiengefühl hat."

„Ich auch nicht, niemals", sagte ich, angesäuselt wie ich war.

Zagus trank die letzten Tropfen direkt aus der Flasche. „Familie is' nämlich wichtig", nuschelte er.

„Jaja."

Bevor ich kapierte, was ablief, lag er auf mir, preßte seine Lippen auf meine und stöhnte: „O Glenda, Schatz, ich mag dich."

Irgend etwas hielt mich davon ab, „Stop!" zu sagen. Ich war so wütend auf Susan, daß ich irgendwo in meinem betrunkenen kleinen Kopf dachte, mit Zagus Peavley herumzumachen, würde ihr eine Lektion erteilen. Außerdem war ich noch nie zuvor mit einem Mann zusammengewesen, und während mein Körper nicht besonders erregt darüber war, war mein Verstand irgendwie gespannt, wie das sein würde. Und vor allem war es ja nicht irgendein rotznasiger Knabe, sondern Zagus Peavley. *Wer weiß?* dachte ich. *Vielleicht bringt mich das ja von den Frauen ab, und dann kann keine mich je wieder so verletzen, wie Susan mich verletzt hat.*

Da lag ich also und wartete, daß etwas passierte, und Zagus schnaufte wie ein Hund, der ein Kaninchen jagt. Ich weiß nicht, ob ich Ihnen das erzählen soll, wenn es am Ende dann in Ihrem Buch steht, aber ich glaube, ich kann aus erster Hand bezeugen, daß seine Bewegungen auf der Bühne nichts mit Sex zu tun hatten. Sie übertrugen sich nicht unmittelbar von der Bühne auf den Rücksitz, wenn Sie wissen, was ich meine. Seine Bewegungen waren gewissermaßen uninspiriert, aber du lieber Gott, er war wahrscheinlich so voll wie ich, was nicht die beste Voraussetzung für eine Spitzenvorstellung ist.

Die Erfahrung war weder besonders gut noch besonders schlecht. Ich dachte, ich müßte mich vielleicht ein bißchen bewegen und aufmunternde Geräusche machen, aber bevor ich auch nur ein „O Zagus“ ausstoßen konnte, rollte er von mir herunter auf den Boden und begann zu schnarchen.

Ich ordnete meine Kleidung und klopfte an die Scheibe, die uns vom Fahrer trennte. Der Champagner klebte süß und dick in meinem Mund, und von dem Auf und Ab in dem fahrenden Auto war mir übel. „Hallo, Ed, würde es Ihnen was ausmachen, mich ins Winston-Hotel zurückzubringen?“

„Aber gern, Miss.“

Beim Aussteigen stolperte ich beinahe über Zagus.

„Soll ich ihm Ihre Telefonnummer oder sonst was sagen, Miss?“ fragte Ed.

„Nein, es ist schon in Ordnung. Danke.“ Ich schlich ins Hotel, fummelte lange mit dem Schlüssel an meiner Zimmertür, bis ich aufgeschlossen hatte, fiel aufs Bett und war hinüber.

16

Unser letzter gemeinsamer Auftrittsort war ein Camp in North Carolina, wo Tommy seine kurze Militärzeit verbracht hatte. Auf der Fahrt dahin setzte er sich plötzlich in den Kopf, daß wir uns alle als Erinnerung an unsere „siegreiche Tournee" tätowieren lassen sollten.

Octavius war von der Idee überhaupt nicht begeistert. „Gut, Tommy", intonierte er wie ein Pastor, der sich für seine Predigt warmläuft. „Denken wir einen Moment darüber nach. Erstens: Kein bierbäuchiger, schießwütiger, die Konföderiertenfahne schwenkender, lieber den Tod als die Schande wählender, stiernackiger Tätowierungskünstler aus North Carolina würde mich auch nur in seinen Laden lassen, ganz zu schweigen, daß er Bilder auf meinen hübschen schwarzen Arsch malen würde. Zweitens: Schätzchen, sieh mich doch an. Du kannst auf ein Stück schwarzes Papier mit einem schwarzen Stift zeichnen, was du willst, bloß wird es niemand erkennen. Drittens: Selbst wenn meine Haut weiß wäre wie die Baptistengemeinde in Yazoo City in Mississippi, niemals würde ich zulassen, daß ein schmieriger Schafskopf mit einer scharfen Nadel an mir herumstochert. Kannst du mir folgen, Tommy?"

„Okie, wenn nicht, müßte ich taub sein wie ein Holzpfosten oder doof wie eine Kohlenkarre."

„Kein Kommentar", sagte Octavius und betrachtete eingehend seine langen, perfekt oval gefeilten Fingernägel.

„Und was ist mit dir, Glenda. Machst du mit?"

„Also ich hab' Tätowierungen schon immer gemocht. Mein Onkel hat eine vom Militär mitgebracht. Natürlich eine nackte Frau."

Octavius grinste. „Das wär' doch was für dich, Glenda Fay."

„Octavius, halt den Mund."

Der Tätowiersalon war ein kleines Loch, das Ladenschild draußen teilte mit: Tätowierungen. Kein Warten. Die Arme des Künstlers waren so mit Bildern übersät, daß schwer zu sagen war, wo das eine aufhörte und das andere anfing. Daß eine Frau in seinem Laden war, machte ihn irgendwie verlegen. „Kann ich Ihnen helfen?"

„Ja. Ich möchte tätowiert werden."

„Und womit? Eine Rose, ein Herz, vielleicht der Name Ihres Freundes?"

„Großer Gott, nein." Ich betrachtete die Muster an der Wand und fand genau das, was ich wollte: ein kleiner zunehmender Mond und dazu ein Stern. „Geht das auch mit drei Sternen?"

„Kostet aber extra."

„Das macht nichts." Ich wandte mich zu Tommy. „Ein Stern für dich, einer für Octavius und einer für mich. Gut, was?"

„Jedenfalls nicht schlecht."

Ich ließ mir die Tätowierung an der Innenseite meines linken Fußknöchels machen. Die Nadel brannte und biß wie ein Bienenstich, aber es war nicht sehr schlimm. Es war sogar witzig, weil ich daran denken mußte, daß Männer meinen, wenn sie einen kleinen Schmerz ertragen, wären sie noch mannhafter. Ich hätte das locker jeden Tag durchgestanden. Aber Tommy, der eine rote Gitarre auf den Oberarm bekam, benahm sich, als würde der Tätowierer ihn totstechen.

Als wir gingen, sagte er: „Jesus, Glenda. Ich begreife nicht, wie du dabei so ruhig bleiben konntest. Bei mir tat's höllisch weh."

Nachdem die Tournee vorbei war, verwandelte ich mich in eine Einsiedlerin. Ich hatte keine Wohnung mehr in Nashville, und ich war zu müde, mir eine zu suchen, also ging ich ins Hotel. Eineinhalb Wochen tat ich nichts außer schlafen, in der Badewanne sitzen, Zeitschriften lesen und mir die Mahlzeiten aufs Zimmer bringen lassen, meist ließ ich die Hälfte übrig. Ich war zu erschöpft zum Kauen, was mir eigentlich gar nicht ähnlich sah.

Immer hatte ich unendlich viel Kraft gehabt, aber ich hatte das Gefühl, nun wäre sie von den allabendlichen Shows, dem vielen Trinken und spät ins Bett Gehen aufgebraucht.

Trotzdem nervte Big Bert mich bald, ich sollte ins Studio kommen und einen neuen Song aufnehmen. Mir war klar, daß ich keine andere Wahl hatte, als aus meinem Versteck aufzutauchen. Also schleppte ich mich mühsam aus dem Bett, machte mich frisch, stieg in den Bus und versuchte mich unterwegs davon zu überzeugen, daß mir nach Singen zumute war.

Die Sitzung fing gleich gut an, denn Big Bert fand „The Fur's Gonna Fly“ zu anzüglich und aufgebracht, und deshalb wollte er, daß ich statt dessen ein Lied sang, das ein Freund von ihm geschrieben hatte und das den Titel trug: „Love My Joe.“ Wenn es darum gegangen wäre, Kaffee zu lieben, hätte ich es vielleicht noch hingekriegt, aber unglücklicherweise war „Joe“ der Name eines Jungen.

Zum erstenmal sollte ich ein geschlechtsspezifisches Lied singen, und dazu eins, das sich auf das falsche Geschlecht bezog. Zu allem Überfluß war es wirklich blöde, mit Versen wie: „I love my Joe/Gonna tell him so/I love my Joe/Gonna let him know/I'm just crazy about that Joe.“

Aber entweder war ich ein Profi oder feige, jedenfalls versprach ich am Ende, mein Bestes zu geben. Wir probten es mehrmals. Mir war wirklich nicht danach, aber ich versuchte doch, meine ganze Energie hineinzulegen.

Als wir es dann aufnehmen wollten, passierte etwas sehr Merkwürdiges. Das Aufnahmestudio war klein und schien auf einmal immer kleiner zu werden. Mein Kopf fühlte sich wie ein großer Ballon an, und mein Magen drehte sich. Meine Kehle war so zu, daß ich nicht singen konnte.

Ich warf die Gitarre zu Boden und schrie: „Ich brauche frische Luft.“ Damit rannte ich ins Freie, lehnte mich an die Mauer und versuchte zu Atem zu kommen. Dann krümmte ich mich zusammen und kotzte direkt vor meine Füße.

Nun mach' ich ja alles mögliche, aber Kotzen gehört im allgemeinen nicht zu meinem Repertoire. Als ich ins

Studio zurückkam, muß ich furchtbar ausgesehen haben, denn Big Bert sagte nur: „Gehen Sie nach Hause und erholen Sie sich, Glenda. Wir machen morgen weiter."

Ich ging nicht nach Hause, sondern zum Arzt. Die Schwester klopfte und horchte mich ab und ließ mich in einen Becher pinkeln und nahm mir Blut ab.

Als schließlich der grauhaarige Doktor hereinkam, waren seine ersten Worte: „Nun, genau was wir erwartet haben."

„Und was haben Sie erwartet?" fragte ich, und meine Nackenhaare sträubten sich.

„Sie sind schwanger."

Ich kotzte direkt in den Mülleimer.

Als ich mit Zagus zusammen war, hatte ich keinen Augenblick daran gedacht, daß ich schwanger werden könnte. Mit Frauen zu schlafen, war immer angstfrei, und ich vermute, ich war einfach zu betrunken, um an die Extraverantwortung zu denken, die mit dem Mann-Frau-Ding zusammenhängt.

Es fiel mir sehr schwer, meine Situation zu verarbeiten. Ein einziges Mal hatte ich mit einem Mann geschlafen, und nun war ich schwanger. Was die Sache noch verrückter machte: Ich war schwanger von Zagus Peavley. Tausende hätten wahrscheinlich alles gegeben, um von Zagus schwanger zu werden. Ich war's, und ich hatte nicht mal Spaß dabei gehabt!

Viele Leute haben gefragt, warum ich keine Abtreibung gemacht habe. Um die Wahrheit zu sagen, es ist mir nicht eingefallen. Damals hatten Frauen nicht viele Möglichkeiten vor sich, und deshalb war mir diese Wahlmöglichkeit ehrlich nicht bewußt. Wäre sie mir bewußt gewesen, vielleicht hätte ich es getan.

Damals aber dachte ich, nachdem ich die Nachricht erhalten hatte, nur daran, ins Studio zu rennen, es Big Bert zu sagen und zu sehen, ob ich irgendwie meine Karriere retten könnte. Es lief nicht besonders gut.

„Sie sind was?“ donnerte er hinter seiner geschlossenen Bürotür.

„Sie haben es gehört.“ Ich war entschlossen, nicht nachzugeben.

„Falls Sie sich noch erinnern, Fräuleinchen – als Sie das erstemal durch diese Tür kamen, habe ich Ihnen dringend geraten, nichts zu tun, das als aufreizend verstanden werden könnte. Meinen Sie nicht, ein Kind gemacht zu bekommen, geht über *aufreizend* weit hinaus?“

„Also, Bert –“

„Das ist der Grund, warum Frauen in der Plattenindustrie nicht zu gebrauchen sind. Sie bauen lauter Scheiße, gehen aus und werden schwanger!“

„Vielleicht sind es ja die Männern in der Plattenindustrie, die sie soweit bringen.“

„Das will ich nicht gehört haben.“

„Ich könnte mich doch verstecken, bis das Kind geboren ist, Aufnahmen machen, aber nicht öffentlich auftreten. Das würde unser Problem vielleicht lösen.“

„Miss Mooney, dies ist nicht *unser* Problem. Dies ist ganz allein Ihr Problem, und Sie sind von diesem Augenblick an nicht mehr das Problem der Venus Records.“

„Was soll das heißen?“

„Das soll heißen, daß ich Sie aus Ihrem Vertrag entlasse. Sie wollten das Lied, das ich Ihnen vorgeschlagen hatte, ohnehin nicht singen. Jetzt müssen Sie es auch nicht mehr."

An diesem Nachmittag kauerte ich in der gleichen Position wie das kleine Wesen in mir auf meinem Bett und versuchte meine Chancen zu überschlagen. Das einzige, das ich auf keinen Fall tun würde, war, nach Argon zurückzugehen. Wenn ich schwanger nach Hause kam, kam ich entehrt nach Hause und müßte mir Mamas Predigten gefallen lassen und auch, daß alle sagten: „Tja, sie hatte große Flausen im Kopf, aber am Ende erging es ihr wie allen anderen Mädchen." Ich würde nicht zulassen, daß irgend jemand mich auf diese Weise beschämte.

Ebenso würde ich auf keinen Fall Zagus Peavley anrufen. Wahrscheinlich würde er abstreiten, daß das Baby von ihm war, und vielleicht wäre sogar noch schlimmer, wenn er es nicht abstritt. Was würden wir tun – einen Haushalt in seiner Villa einrichten und jeden Tag auf dem Hausaltar im Wohnzimmer Kerzen für seine Mama anzünden? Ich wollte nicht damit enden, einen Mann zu heiraten, bloß weil ich schwanger war. Ich wollte dies Kind nach meinen Vorstellungen aufziehen, es sollte nicht eine kleine Velma oder Zagus Peavley der Zweite werden.

Aber ich wollte auch nicht allein sein, jedenfalls nicht während der Schwangerschaft. Mein Körper hatte bereits begonnen, sich auf eine Weise gegen mich aufzulehnen, die ich nicht kannte, und um ehrlich zu sein, das machte mir Angst.

Ich wollte mit Menschen zusammen sein, die mich beruhigen und mir erklären würden, daß das, was ich durchmachte, normal sei – daß ich nicht sterben oder verrückt werden würde.

Da fiel mir Roy ein, das zweite verlorene Kind der Mooney-Familie, der mit Delia in Lynnville in Georgia lebte. Roy würde mich nicht verurteilen. Ich hatte ihn auch nicht verurteilt, als er ein wilder Bock war, obwohl ich damals ständig die Bibel unterm Arm trug. Ich griff nach dem Telefon.

„Ja?" brummte die Stimme am anderen Ende.

„Großer Gott, Roy, hast du immer noch nicht gelernt, wie man sich am Telefon meldet?"

„Schwesterchen! Wie geht's dir? Du klingst nicht besonders gut."

Bis zu diesem Augenblick hatte ich nicht geweint. Jetzt flennte ich derart, daß, selbst wenn ich zwischen den Schluchzern ein Wort hätte sagen können, er nichts verstanden hätte.

„Beruhige dich, Schwesterherz. Alles ist gut. Niemand ist gestorben, oder?"

„Nein", brachte ich hervor.

„Also, wenn niemand gestorben ist, denke ich, kann alles andere geregelt werden."

„Roy, ich... bekomme... ein Baby."

„Schwesterchen, das ist ja toll! Delia hat unser erstes vor ein paar Monaten bekommen, und sie ist so süß wie immer."

„Aber bei mir ist es was anderes, Roy. Ich... ich bin ganz allein. Meine Plattenfirma hat mich rausgeschmissen. Ich weiß keinen Ort, wo ich hingehen könnte."

„Das ist Quatsch, und du weißt es. Morgen packst du

deine Sachen, steigst in dein Auto und fährst nach Lynnville. Wir wohnen Mill Road 127. Schreib dir das auf. Wir kümmern uns um dich, Schwesterchen."

„Roy, ich will keine Almosen. Ich möchte Zimmer und Essen bezahlen."

„Darüber reden wir, wenn du hier bist. Du und das Baby, ihr seid hier sicher."

Du und das Baby. Wie seltsam das klang.

Am nächsten Morgen holte ich mein ganzes Geld von der Bank. Bei einem Gebrauchtwagenhändler kaufte ich einen alten Ford. Ich hätte mir durchaus einen luxuriöseren Wagen leisten können, aber ich wollte mein Geld beieinanderhalten. Mit Luxus war erst mal Schluß.

Auf dem Weg aus der Stadt hielt ich an einem Lebensmittelladen und kaufte eine kalte Cola, das einzige, von dem ich mir vorstellen konnte, es hinunterzuschlucken, ohne daß mir schlecht wurde.

Lynnville, Georgia, sah kaum besser aus als Argon. Die Textilfabrik, ein riesiges, fensterloses Backsteingebäude mit Schornsteinen, die wie Hörner aus ihm herausstachen, saß fett und breit mitten in der Stadt. Es gab einen Lebensmittelladen, eine Tankstelle, ein Postamt und ein Drive-In-Restaurant mit einem Aushängeschild, auf dem stand schlicht: Iß!

Die Häuser sahen alle gleich aus – mit Schindeln gedeckte Doppelhäuser mit zwei Etagen. Da die Mill Road die Hauptstraße war, fand ich die Adresse von Roy und Delia auf Anhieb.

Roy riß die Tür auf. „Schwesterchen, da bist du ja!" sagte er und legte seinen Arm um mich. „Du siehst fix und fertig aus. Ruh dich erst mal aus.“ Ein häßlicher kleiner Hund mit Glupschaugen schoß aus der Tür. „Das ist Sam“, stellte Roy ihn vor. „Aber meistens nennen wir ihn nur ‚verdammter Köter‘.“

„So sieht er auch aus.“ Ich holte das Portemonnaie aus meiner Handtasche. „Roy, bevor ich eintrete, möchte ich dir dies geben.“ Ich zählte fünf Hundert-Dollar-Noten ab. „Das ist ein Vorschuß für Kost und Logis und all die Mühe, die ich euch mache.“

Roy blickte auf das Geld in seiner Hand. „Sieht aus, als hättest du vor, eine Menge Mühe zu machen.“ Er versuchte, mir das Geld in die Hand zu drücken. „Schwesterchen, ich will dein Geld nicht. Du wirst es brauchen, wenn das Baby da ist.“

„Nein. Nimm es. Wirklich. Ich würde mich besser fühlen.“

„Na gut, aber mehr werde ich von dir nicht annehmen.“

„Roy –“

„Das ist ein Machtwort, Schwester. Kein weiteres Wort über den schnöden Mammon unter meinem Dach.“ Er nahm meine Hand und zog mich ins Haus.

Delia saß mit aufgeknöpfter Bluse auf dem Sofa und hatte das Baby an der Brust. „Hallo, Glenda“, sagte sie lächelnd. „Entschuldige, wenn ich nicht aufstehe.“

„Hallo, Delia.“

Ich muß wohl zu Boden gesehen haben, denn sie sagte: „Glenda, wenn du ein Baby bekommst, mußt du dir abgewöhnen, dich wegen der Mutterbrust zu genieren. Neulich habe ich meine im Angesicht des Baptistenpfarrers rausgeholt. Kein Grund, sich zu schämen. Ich denke, dafür ist sie da."

Der Gedanke an meine Brüste als Nahrungsquelle und nicht als Quelle des Vergnügens war schon sehr seltsam. „Delia, ich bin wirklich dankbar. Ich hoffe, Roy hat mich nicht gegen deinen Willen eingeladen."

„Lieber Himmel, nein. Ich liebe Gesellschaft. Roy ist die meiste Zeit arbeiten, und Klein-Sally ist eine Zuckerpuppe, aber für Gespräche noch nicht das Richtige."

Schläfrig und zufrieden ließ Sally die Brust ihrer Mama los. Was für eine zarte, fragile Person. Was für eine riesige Verantwortung.

Die ersten Monate bei Roy und Delia war ich keine große Bereicherung. Ich lag auf der Couch, und Delia brachte mir Salzcracker und Cola gegen die Übelkeit.

Ich hatte mich für was Besonderes gehalten. Ich hatte wirklich geglaubt, ich könnte dem Schicksal der Frauen von Argon, schwanger zu werden und sich zu verschleißen, entkommen, aber nun war ich wie alle anderen. Niemand ist was Besonderes. Wir waren auf der Welt, um großzuwerden und Kinder zu bekommen und zu sterben, damit unsere Kinder großwurden und Kinder bekamen und starben. Also war die Musik, die Gott mir gegeben hatte, nur ein kleiner grausamer Scherz gewesen, um mich von der Realität für eine Weile abzulenken?

Ich hörte viel Radio – einen Rock 'n' Roll-Sender aus Atlanta, der Octavius Richey und Tommy Kain und Zagus Peavley spielte – Stimmen aus einer Vergangenheit, die weit entfernt schien. Eines Tages im vierten Monat meiner Schwangerschaft spielte er „Bop-a-Lot", den neuesten Hit von Octavius, und dann sagte der Moderator: „Das war Bop-a-Lot, zur Erinnerung an den Schwarzen Prinzen des Rock 'n' Roll, Octavius Richey. Richey und Rockabilly-Star Tommy Kain starben gestern bei einem Flugzeugabsturz in Pennsylvania. Sie werden den Fans sehr fehlen. Hier ist Tommy Kains letzte Aufnahme –"

„Nein!" schrie ich.

Delia kam aus der Küche gerannt. „Was ist los, Liebes? Hast du Schmerzen?"

„Tommy und Octavius... sie sind... sie sind tot."

„O Liebes, das tut mir so leid."

„Sie waren... meine Freunde." Ich löste mich in einem Meer von Tränen auf. Delia legte ihre Arme um mich. Es war so lange her, daß eine Frau mich gehalten hatte. Ich weinte und weinte, bis ihr Kleid durchgefeuchtet war, und plötzlich versiegten die Tränen, und irgendwo in mir versiegte auch die Musik, bis sie nur noch eine zerknitterte Schale war.

Tommy und Octavius waren fort, und meine Musik war auch fort. Alles, was übrig blieb, waren die drei kleinen Sterne auf meinem Knöchel, Erinnerung an das, was wir gewesen waren. „Delia", sagte ich. „Bringst du mir bei, wie ich eine Mama werde?"

Das einzige Modell von Mutterschaft, das ich kannte, war meine Mama, deshalb dachte ich, Mutterschaft sei dasselbe wie Märtyrertum. Meine Mama hatte darauf verzichtet, ein lebenslustiges Mädchen aus der Stadt zu sein, um nach Argon zu ziehen und Kinder aufzuziehen, sie erinnerte uns ständig daran. Und nun würde ich alles aufgeben, das ich geliebt hatte, um ebenfalls Mutter zu sein.

Delia war eine gute Lehrerin. Sie überließ mir Klein-Sally als Versuchskaninchen, was entweder sehr großzügig oder sehr dumm von ihr war. Ich konnte das eine Ende eines Babys nicht vom anderen unterscheiden. Ich packte die Windeln hinten und seitlich und überall hin, nur nicht dahin, wohin sie gehörten, und Klein-Sally lag auf dem Rücken, wackelte mit den Zehen und sah mich an, als wäre ich das verrückteste Ding von der Welt. Sie war schrecklich niedlich, mit ihrem kleinen runden Gesicht und der sanften weichen Haut, sogar an den Füßen und Ellbogen.

„Gott hat die Babys mit Absicht niedlich gemacht", sagte Delia. „Wenn sie nämlich häßlich wären und dann noch der Frust, den sie machen, würdest du sie einfach aus dem Fenster werfen und basta."

Delia und ich wurden sehr vertraut. Roy ging morgens um halb sieben zur Arbeit und kam erst nach vier zurück, so waren wir fast den ganzen Tag zusammen. Wir machten gemeinsam die Wäsche, sahen nach dem Baby, kochten die Mahlzeiten. Wenn uns die Decke auf den Kopf fiel, machten wir das Baby fertig und gingen Kaffeetrinken. Bei einem solchen Besuch im Restaurant drängte mich Delia eines Tages, zu erzählen, von wem ich schwanger war.

„Weißt du, irgendwie habe ich dich immer beneidet, wenn Roy von dir gesprochen hat", sagte sie. „Dein Leben schien so aufregend. Ich wußte immer, daß ich nur heiraten und Kinder kriegen würde."

„Vielleicht ist das auch das Beste", antwortete ich und starrte in meine Tasse. „Wahrscheinlich ist es das Beste, wenn du nichts anderes kennst. Dann sitzt du nämlich nicht herum und denkst dauernd an das, was mal war."

„Na hör mal. Du willst mir doch nicht erzählen, du wärst lieber wie alle anderen in Argon geblieben."

„Ich weiß es nicht, Delia. Ich weiß nicht mal, ob ich mir überhaupt noch etwas wünsche."

„Glenda, darf ich dich was fragen?"

„Was denn?"

„Der Vater deines Kindes – war er jemand Berühmtes oder jemand, den du einfach so kennengelernt hast?"

Ich mußte schlucken, schließlich wollte ich ja nicht die schwangere Lady sein, die im Restaurant plötzlich zu heulen anfängt. „Darüber möchte ich nicht sprechen."

Delias Augen weiteten sich. „Großer Gott! Es war Tommy Kain, stimmt's?"

„Delia, du bist meine beste Freundin, und ich will dich nicht verärgern, aber ich möchte wirklich nicht darüber reden."

Sie kam nie wieder darauf zurück. Ich vermute, sie nahm an, daß es Tommy Kain war, und das paßte mir gut. So hatte sie wenigstens keine Chance, mich mit dem Vater meines Kindes aussöhnen zu wollen.

Thomas Octavius Mooney kam am 12. Oktober 1958 abends um 21 Uhr 53 zur Welt. Die Wehen hatten am Vormittag angefangen, und als Roy nach Hause kam, hörte er mich eine Sprache benutzen, die er noch von keiner Frau gehört hatte.

„Hallo, Schwesterchen", grüßte er, als er zur Küchentür hereinkam.

Zu dem Zeitpunkt hatte ich das Gefühl, als wäre mein ganzer Unterleib wie ein Stück Zeitung zusammengeknüllt. Ich hielt mich zusammengekrümmt am Küchentisch fest und schrie: „Elender Glatzkopf Jesus Christus, verdammt noch mal!"

„Nein, ich bin's, Roy."

Delia faßte seinen Arm. „Roy, Liebling, ich glaube, Glenda wird gleich –"

Für Süßholzgeraspel hatte ich jetzt keine Zeit. „Roy, jeder mit ein bißchen Verstand im Kopf sieht, daß ich dieses gottverdammte Baby gleich kriegen werde."

Roy sah sich eine Minute lang um, was mich an ein Huhn erinnerte, dann sagte er: „Ich denke, wir rufen besser den Arzt."

Normalerweise hätte ich mich totgelacht, wenn ein alter Mann wie Doktor Hale wie der Catcher bei einem Baseballspiel zwischen meinen Beinen gehockt hätte, aber ich hatte solche Schmerzen, daß es mir auch egal gewesen wäre, wenn der Papst meinen Intimbereich inspiziert hätte.

Klein-Tommy kam rot und protestierend, aber gesund auf die Welt. Zuerst war ich etwas erschrocken, als ich ihn sah, denn sein Kopf war ziemlich schief. Aber Doktor Hale beruhigte mich, das käme davon, daß er sich durch den Geburtskanal gepreßt hatte. „Er kann nur schöner werden, Miss Mooney", lachte er.

Erst als ich ihn zum erstenmal im Arm hielt, wußte ich, was ich für mein Kind empfand. Er war glitschig und sah sehr verwirrt aus, aber auch für ihn war es ja ein anstrengender Abend gewesen, von dort, wo es sicher und dunkel und gemütlich war, in einen hellen Raum mit großen glotzenden Gesichtern gezwungen zu werden. „Hallo, kleiner Thomas Octavius“, begrüßte ich ihn.

„Ein schrecklich großer Name für ein so kleines Kerlchen“, sagte Delia.

„Ja, aber er paßt zu ihm.“ Ich hoffte, daß etwas von Tommy Kain und Octavius Richey in meinem Sohn weiterleben würde. Vielleicht wurde ja ein großer Rock 'n' Roll-Sänger aus ihm. Oder wenigstens ein guter Mann. Das wäre schon genug.

Tommys Kopf bekam seine richtige Form, und das ganze Kind wurde so hübsch, daß sein Foto für Babynahrung hätte werben können. Und ich – ich war eine Babynahrungsfabrik. Der Junge verbrachte soviel Zeit an meiner Brust, daß ich glaubte, bald würde ich muhen und an einem Salzstein lecken.

Manchmal, wenn ich ihn in den Schlaf sang, dachte ich wehmütig, wie sehr ich meine Musik vermißte. Über solche Narrheiten mußt du hinwegkommen, befahl ich mir. Du bist jetzt Mutter.

Die Musik war nicht das einzige, das ich vermißte. Eines Nachmittags, als Tommy und Sally ihr Mittagsschläfchen hielten, machte ich ganz in Gedanken die Badezimmertür auf.

Delia, mit nichts als einem Slip bekleidet, wusch gerade ihr Haar über dem Becken. Als sie mich hörte, richtete sie sich auf und drehte sich um. Ihr langes schwarzes Haar war von der Feuchtigkeit gekräuselt, und auf den Locken glitzerten noch kleine Tropfen. Das Wasser war ihr über die Schultern gelaufen und hatte den Slip angefeuchtet, der sich deswegen eng an ihre Formen schmiegte. Eine Woge des Begehrens überlief mich, wie ich sie seit der Zeit mit Susan nicht mehr gespürt hatte.

Dann traf mich der Schlag. Was zum Teufel geht in dir vor, Glenda? Das ist die Frau deines Bruders!

Delia trocknete ihr Haar mit einem Handtuch. „Glenda, was ist los? Warum siehst du mich so komisch an?"

„Nichts. Nichts ist los. Entschuldige."

Am nächsten Morgen stand ich noch vor Roy auf und packte Klein-Tommy und meine Habseligkeiten ins Auto. Auf dem Küchentisch ließ ich einen Zettel zurück, auf dem stand: *Roy und Delia, ich muß fort, aber ich werde eure Güte nie vergessen. In Liebe, Glenda.*

17

Ich fuhr in einem Rutsch bis Atlanta und hielt nur einmal an, damit Klein-Tommy einen Schluck aus meiner Brust nehmen konnte. Ich hatte eigentlich nicht vorgehabt, nach Atlanta zu fahren, aber als ich die Hinweisschilder an der Straße sah, dachte ich, die Stadt sei so gut wie jede andere. Sie hatte die richtige Größe, und ich wollte nicht noch mal in einer Kleinstadt landen.

Ich fuhr durch die Stadt, bis ich ein großes altes Haus sah, an dem ein Schild hing: WOHNUNG ZU VERMIETEN. Und: NACHFRAGEN IN APARTMENT #1.

Also nahm ich mein schlafendes Kind und klopfte an die Tür. Eine alte Dame im Morgenmantel öffnete. Zuerst sah sie mich streng an, aber als sie Tommy sah, wurde ihr Gesicht weich. Menschen sind meistens freundlicher zu dir, wenn du ein Baby dabei hast. Es sei denn, natürlich, sie finden heraus, daß du nicht verheiratet bist.

„Kann ich Ihnen helfen, Schätzchen?"

„Ja, Ma'am. Ich wollte nach der Wohnung fragen, die zu vermieten ist."

„Oh, Schätzchen, das ist nur eine kleine Ein-Zimmer-Wohnung. Sie können sie sich gern anschauen, aber ich weiß nicht, ob sie für Sie und Ihr Kind und Ihren Mann ausreicht."

Mir war klar, daß sie auf diese nicht besonders hinterlistige Art herausfinden wollte, ob mein Kind unehelich war oder wie die Ärzte und Sozialarbeiter sagen, nichtehelich. Ich weiß nicht, welcher Ausdruck schlimmer ist.

„Ich habe keinen Mann, Ma'am", sagte ich und versuchte so mitleiderregend wie möglich auszusehen. „Mein Mann kam bei einem Autounfall ums Leben, zwei Monate bevor der kleine Tommy geboren wurde." Ich wartete auf den Blitz, der mich erschlagen würde.

„Gott schütze Sie", sagte die alte Dame. „Ich bin selbst Witwe. Aber Mr. Thomas war nicht so jung, als ich ihn verlor." Sie sah Tommy an. „Was für ein reizendes Kind. Einen Augenblick, ich hole nur eben den Schlüssel."

Die Wohnung war klein und schlicht, aber sauber. Und teilmöbliert: mit einem Eisenbett, einer Kommode mit Schubläden und einem Tisch mit zwei Stühlen in der Küche.

„Ich nehme sie", sagte ich und gab ihr die ersten zwei Monatsmieten, in bar.

Am Nachmittag entdeckte ich einen Laden mit gebrauchten Möbeln und erstand eine wirklich hübsche hellblaue Couch und ein Kinderbett für Tommy. Der arme Kleine hatte bei Roy und Delia in einer Schreibtischschublade geschlafen. Ich zahlte ein Aufgeld, damit die Möbel geliefert wurden, und dann ging ich in den Supermarkt auf der anderen Straßenseite und kaufte Brot, Milch, Eier und Dosensuppen für mich und Babynahrung für Tommy. Er mußte sich an die Flasche gewöhnen, wenn ich arbeiten gehen würde. Und ich mußte arbeiten gehen. Ich besaß noch zwanzig Dollar.

Ich ging zu einer Woolworth-Filiale, die ein Schild im Fenster hatte, auf dem stand: HILFE GESUCHT. Ich dachte, daß ein Job im Warenhaus noch das Beste war, das ich erhoffen konnte. Ich hatte keinen Highschoolabschluß und außer Musik nichts gelernt, und ich war alleinerziehend, wie man heute sagt. Ich sah hundemüde aus und hatte ein Baby auf dem Arm, das mit verschmiertem Mund nach der Muttermilch schrie.

Ich muß ihnen leid getan haben, denn sie heuerten mich vom Fleck weg an.

Gott, was soll ich sonst über diese Monate, diese Jahre erzählen? Ich arbeitete bei Woolworth, und Mrs. Thomas paßte werktags von halb zehn bis halb sieben auf Tommy auf, bis er in die Schule kam.

Ich stand an der Bonbontheke und wog kandierte Früchte für alte Damen und Gummibärchen für kleine Kinder mit Schwitzpfötchen ab. Die Männer flirteten gern mit mir, sagten, ich sei genauso süß wie die Bonbons, die ich verkaufte – und hielten sich für wahnsinnig intelligent, wenn sie das sagten –, aber ich reichte ihnen bloß ihre Tüte mit Toffees oder Pfefferminzdrops und sagte: „Guten Appetit."

Ich hatte keine Zeit für Männer – und für Frauen auch nicht. Die einzige Liebe, die ich mir erlaubte, war die zu meinem Sohn. Mutterliebe hielt mich all die Zeit den ganzen Tag auf den Beinen, ließ mich zu all diesen Bonbonkäufern nett sein, denen ich heimlich wünschte, daß ihre Zähne verfaulten. Das einzige, woran ich dachte, war, daß Tommy bekam, was er brauchte – nicht bloß Nahrung und ein Dach über dem Kopf, sondern Zuwendung und

Liebe. Ich wollte, daß er mehr hatte, mehr sah und mehr lernte als ich, als ich klein war.

An meinen freien Tagen nahm ich ihn mit in den Grant Park-Zoo, ins Cyclorama oder in die Bibliothek. Jeden Tag las ich ihm etwas vor. Ich wollte, daß er Spaß daran fand, etwas Neues zu erfahren, und daß er der erste aus der Mooney-Familie mit einem Highschoolabschluß sein würde.

Wenn Sie meine Lebensgeschichte aufschreiben wollen, dann gibt es über die Jahre, in denen ich Tommy großzog, nicht viel zu sagen. Ich war nur für ihn da, und ich bedaure das nicht. Er war ein wunderbares Kind. Mit meinen Mamageschichten könnte ich Sie zu Tode langweilen – angefangen mit seinen ersten Wörtern, dem Preis in Naturwissenschaften, den er in der sechsten Klasse gewann, bis zu der Erfüllung meines Traums und mehr, als er den Highschoolabschluß als Zweitbester seiner Klasse machte.

Wenn ich an mein Kind denke, könnte ich platzen vor Stolz. Aber jede Mutter, die was taugt und es fertig gebracht hat, ein Kind großzuziehen, das nicht zum Serienmörder wurde, würde das gleiche sagen.

Über mich selbst in dieser Zeit kann ich nichts sagen, außer daß die Fortschritte Tommys auch meine waren. Wenn ich mit ihm zusammen war, war ich glücklich. Die restliche Zeit, in der ich hinter der Bonbontheke stand und die Krampfadern in meinen Beinen spürte, tat ich einfach, was ich tun mußte.

Und wenn ich von einer Frau träumte und aufwachte und einsam in mein Kissen weinte, fühlte ich, daß ich es nicht anders machen konnte. Heute sehe ich all diese lesbischen Paare Kinder aufziehen, und ich finde es großartig. Aber damals gab es so etwas nicht. Ich dachte, du bist entweder das eine oder das andere, eine Lesbe oder eine Mutter. Und als ich mit Tommy schwanger wurde, nahm mein Körper mir die Entscheidung ab.

Meine Gitarre lag in ihrem Kasten wie eine Leiche im Sarg. Manchmal sang ich ein Kinderlied für Tommy, aber das hatte mit meinem früheren Singen nichts zu tun. Und seit dem Tag, an dem ich erfahren hatte, das Tommy Kain und Octavius Richey gestorben waren, stellte ich nie mehr das Radio an.

Als ich einmal die Kiste aufräumte, in der die Platten lagen, die Woolworth verramschte, fand ich eine staubige alte 45er-Platte: „Shake it Loose" von Glenda Mooney. Das Mädchen, das die Platte gemacht hatte, war eine vollkommen Fremde.

18

Tommy machte nicht nur den Highschoolabschluß, er ging aufs College. Er wurde von diesem kleinen Privatcollege in Kentucky angenommen, wo man kein Studiengeld zahlen muß, wenn man fünfzehn Stunden die Woche arbeitet. Was wieder mal zeigt: Alle Mooneys verbringen einen Teil ihres Lebens in Kentucky.

Ich brachte ihn hin. Er hätte auch den Bus genommen, aber das ließ ich nicht zu. Ich konnte mich einfach nicht an irgendeiner dreckigen Busstation von ihm verabschieden; ich wollte mit eigenen Augen sehen, wo mein Kleiner die nächsten vier Jahre sein würde.

Während der Fahrt passierte es: Tommy strich sich das lange Haar aus dem Gesicht und steckte es hinter die Ohren, wie er es immer tat, das Licht traf aus einem ganz bestimmten Winkel auf seine Backenknochen, und für einen Augenblick sah ich den jungen Zagus Peavley.

Ich hatte Tommy gesagt, daß ich Rock 'n' Roll gesungen hatte, was er echt cool fand, aber als er nach seinem Vater gefragt hatte, hatte ich nur geantwortet: Jemand, den ich auf einer Tournee kennengelernt habe, niemand von Bedeutung.

Das war das einzige Mal, daß ich als Mutter etwas getan habe, von dem ich sagen würde, es war falsch. Daß ich an meine einzige, dazu noch betrunkene Erfahrung mit einem Mann nicht erinnert werden wollte, bedeutete noch lange nicht, daß Tommy kein Recht gehabt hätte zu wissen, wer sein Daddy war.

Natürlich dachte ich in dem Moment nicht an all das. Ich platzte einfach heraus: „Du siehst aus wie dein Vater, damals."

„Wie wer?" Sein Kinn fiel herunter. Meistens hatten wir einfach behauptet, er sei ohne das Zutun eines Mannes direkt aus mir herausgekommen, wie bei den griechischen Göttinnen und Göttern, von denen er mir gern erzählte, die aus dem Schaum des Meeres geboren wurden oder so ähnlich.

„Du lieber Gott, Junge, sitz nicht da mit offenem Mund. Oder willst du, daß die Leute im College denken, du hättest sie nicht alle?"

„Mein Vater?" Er starrte aus dem Fenster, als gäbe es auf der Welt tatsächlich nichts Spannenderes als die Herde Kühe da draußen.

Ich fing an zu weinen. Ich konnte nicht anders. „Tommy, ich war so jung, als ich dich bekam. So alt wie du jetzt. Ich wollte alles richtig machen, und ich glaube, meistens habe ich das auch geschafft, aber ich hätte dir etwas sagen sollen und habe es nicht getan. Es tut mir leid."

Tommys Augen verengten sich hinter den Brillengläsern. „Du hast gesagt, du seist schwanger geworden von jemandem, den du auf einer Tournee kennengelernt hast. Stimmt das nicht?"

„Doch, das stimmt, aber es ist nicht alles. So wie ich es gesagt habe, hätte es irgendein Typ sein können, der mich singen gehört hatte. Aber so war es nicht. Er... er war ebenfalls Musiker." Ich holte tief Luft und strich mit dem Finger über meine Augen. „Tommy, jetzt kann ich genausogut weiterreden. Dein Vater ist Zagus Peavley."

Tommys Reaktion war die letzte, mit der ich gerechnet hätte. Er brüllte vor Lachen. Er wurde hochrot, und Tränen liefen ihm übers Gesicht. Als er endlich wieder sprechen konnte, keuchte er: „Du machst einen Scherz, oder?"

„Nein, ich scherze nicht."

„Du willst sagen...", er kicherte, „der Typ aus diesen miesen Spätfilmen wie *Hillbilly Hoedown* und *Rock 'n' Roll Ranch* ist... mein Vater?"

„Genauso ist es."

Er hieb lachend aufs Armaturenbrett. „Und während wir hier reden, singt Daddy in irgendeinem Schuppen in Las Vegas Gospelsongs, seine achthundert Pfund Lebendgewicht in einen grauenvoll verzierten Overall gezwängt?"

Eigentlich wollte ich sagen: „Tommy, wie sprichst du über deinen Vater?" Aber ich mußte ebenfalls lachen, so sehr, daß ich an den Straßenrand fahren und halten mußte wie Susan, als wir unterwegs nach Nashville waren.

Als ich mich endlich wieder gefaßt hatte, sagte ich: „Er war nicht immer so, Tommy. Damals in den Fünfzigern war er der beste Rockabillysänger der Welt. Aber dann ging er nach Hollywood und fing mit diesen Filmen an, und ich weiß nicht, es war, als hätten sie ihm damit den Geist der Musik ausgetrieben."

„Du hast dich viel mit ihm getroffen?"

„Naja, eigentlich nicht. Wir – haben uns nur einmal getroffen, und du bist das Ergebnis."

„Mama!“

„Ich hab' dir doch gesagt, ich war ein wildes Mädchen. An dem Abend war ich ziemlich betrunken und wütend auf meine... auf eine Person, mit der ich ging, und –“

„Wer war er?“

„Wer?“

„Der Typ, mit dem du gingst.“

Meine Hände umklammerten das Steuer. Gerade hatte ich mir selbst ein Bein gestellt. „Niemand, über den du Bescheid wissen mußt.“

Tommy berührte mich am Arm. „Schon gut. Du mußt es mir nicht erzählen, wenn du nicht willst. Hör zu, ich werde nie wieder nach deiner Vergangenheit fragen, wenn du mir eins versprichst.“

„Und was ist das?“

„Seit ich geboren wurde, gab es nur dich und mich. Und nun gehe ich von zu Hause weg, und ich möchte, daß du dich nicht vergräbst. Daß du aus dem Haus gehst und so. Okay?“

Ich schluckte und drückte seine Hand. „Okay.“

Das College sah genauso aus, wie man es erwartet: Klinkergebäude und überall hohe, schattige Bäume. Auf den Wegen standen Studierende in dichten Trauben und diskutierten. Ich fragte mich, worüber sie redeten und ob ich, wenn ich ihnen zuhörte, sie auch verstehen würde. Ich beneidete sie – so strahlend, so kraftvoll, so voller Lust am Lernen. „Hier wird es dir gefallen, Tommy.“

Er lächelte. „Das glaub' ich auch.“

Shady Grove lag nur eine halbe Stunde mit dem Auto entfernt, und nachdem ich Tommy untergebracht hatte, fuhr ich aus irgendeinem Grund in diese Richtung weiter.

Barn Dance gab es immer noch, aber inzwischen war es vor allem eine Touristenattraktion. Es wurde immer noch live übertragen, aber die Leute hören nicht mehr so zu wie früher. Für die Veranstaltung gab es ein neues Gebäude – ein festes Theater, das nicht die geringste Ähnlichkeit mit einer Scheune hatte. In der alten Scheune war jetzt ein T-Shirt- und Souvenirladen, und das alte Kartenbüro war eine Würstchenbude.

Die Show begann immer noch um halb acht, ich kaufte mir eine Karte. Es war gruselig, wirklich. Als die Scheinwerfer ausgingen, rief eine Stimme, die nicht Lonesome Joe Whitcomb gehörte: „Ihr Pas und Mas und auch ihr Jungen/Laßt die Arbeit liegen, zieht die Schuhe aus/klopft den Takt mit und seid gut drauf/Denn *Shady Grove Barn Dance* wird jetzt beginnen."

Das Licht ging wieder an, und auf der Bühne standen die gleichen altmodischen Farmgeräte und Heuballen wie früher, aber die Band bestand aus einem Geigenspieler mittleren Alters, den ich nicht kannte, und einem Haufen ganz junger Typen. Es war die gleiche Show mit anderen Personen. Ein Komiker, ein alter Knabe, der seinen Overall verkehrt herum trug, erzählte die gleichen Bauernwitze wie Miz Lucindy.

Sogar ein Schwesternduo gab es, die Rugg Sisters, die Baumwollkleider trugen und „In the Pines" sangen. Ich mußte immerzu die dunkelhaarige Rugg-Schwester ansehen und fragte mich, ob sie lieber weglaufen und Rock 'n' Roll singen würde oder ob sie mit dem, was sie hatte, glücklich war.

Darauf gab es natürlich keine Antwort. Nur zwei Dinge waren mir absolut klar. Zum einen, daß *Shady Grove Barn Dance* in seiner Zeit stehengeblieben war, eingefroren wie eine Fliege im Bernstein. Und zum zweiten, daß dieser Zustand das letzte war, das ich mir wünschen würde.

Ich übernachtete bei Vaughn und seiner Frau Lois in ihrem winzigen Haus in Morgan. Vaughn war aus Argon weggezogen, als die Gruben stillgelegt wurden, ganz wie Roy es vorhergesagt hatte. Er betrieb in Morgan eine kleine Tankstelle, und Lois kümmerte sich um unsere Mutter, die zu ihnen gezogen war, nachdem mein Vater an der Staublunge gestorben war.

Mamas Verstand kam und ging – meistens ging er. Sie saß im Schaukelstuhl im Wohnzimmer, ihr graues Haar lang und wild wie das einer Hexe, und starrte auf etwas in der Ferne, das sonst niemand sehen konnte. Das einzige, das sie während meines Besuchs zu mir sagte, war: „Glenda Fay, wann wirst du endlich heiraten?"

„Was sollte ich denn mit einem Mann, Mama?"

„Damit du jemand hast, der für dich sorgt. Dein Daddy sorgt für mich."

Manchmal brachte sie Vaughn und Daddy durcheinander. Das war gar nicht so falsch; Vaughn war Daddy sehr ähnlich.

„Mama, ich kann selbst für mich sorgen."

Sie schüttelte den Kopf. „Du bist das sturste Kind, das ich je gesehen habe." Dann verschwamm ihr Blick, und sie starrte auf einen Punkt direkt hinter mir.

19

Ich wollte keinen Mann, aber ich wollte einen Schulabschluß. Tommy hatte recht – es wurde Zeit, daß ich etwas für mich tat, und der Anblick des kleinen College hatte mir deutlich gemacht, wie ungebildet ich war. Ich beschloß also, mein erstes Projekt, nachdem Tommy aus dem Haus war, würde ein Abschluß auf dem zweiten Bildungsweg sein.

Eines Sonntags lief ich durch die Stadt und sah einen Buchladen. Ich ging hinein. Es war ein neuer Buchladen, eins von diesen seltsamen kleinen Geschäften, die in letzter Zeit in dem Viertel, in dem auch Woolworth's lag, aufgemacht hatten, wie das Ohrtrommel-Plattengeschäft und der Füllhorn-Bioladen. Der Buchladen hieß Athenes Eule, und im Fenster hing das Bild einer Frau mit einer Eule auf der Schulter.

Im Laden waren fünf Frauen, und alle starrten mich an. Kein Wunder. Sie sahen aus, als hätten sie alle die gleiche Uniform gekauft: ausgebleichte Jeans, weite Hemden, flache Sandalen, kein Makeup und kurzes Haar.

Ich war ein Paradiesvogel, der in eine Schar Spatzen hineinplatzte. Ich trug eine weiße Bluse mit kleinen roten Punkten, einen dazu passenden Rock und Pumps. Mein Haar war aufgebauscht, letzte Nacht hatte ich in Lockenwicklern geschlafen, und ich hatte Lippenstift aufgelegt und falsche Wimpern. Ich sah aus wie Woolworth's und alle Kaufhäuser zusammen.

„Kann ich Ihnen helfen, Ma'am?" fragte die junge Frau an der Kasse, und plötzlich fühlte ich mich dreihundert Jahre alt.

Bevor ich noch etwas sagen konnte, mischte sich eine andere junge Frau ein, die Bücher mit dem Titel *Unser Körper, unser Leben* auf einen Stapel packte. „Also ehrlich, Jen, du bist die letzte, von der ich erwartet hätte, daß sie eine so sexistische Sprache benutzt."

„Was hab' ich denn gesagt?" fragte die an der Kasse.

„*Ma'am.* Das bedeutet *Madam* und bezieht sich, wie du weißt, auf eine verheiratete Frau. *Madam* ist genauso schlimm wie *Mrs.* Es impliziert, daß eine Frau nur in Beziehung zu einem Mann gedacht werden kann."

Jen sah ihre Freundin an, dann mich, und versuchte zu entscheiden, bei wem sie sich zuerst entschuldigen mußte. Schließlich traf es mich. „Ähm, ich –"

„Geht in Ordnung, Schätzchen", sagte ich. „Wenn man aus dem Süden ist, rutscht *Ma'am* manchmal einfach so raus, stimmt's?"

Sie lächelte erleichtert. „Genau."

„Ich suche ein Buch über den zweiten Bildungsweg. Haben Sie so etwas?"

„Ja, ich glaube, bei den Nachschlagewerken steht ein Studienführer. Ganz hinten links."

Ich fand den Studienführer und außerdem das schwarze Brett der Athenes-Eule-Gemeinde. Da hingen Visitenkarten von Massagetherapeutinnen und Flugblätter für

Lyriklesungen. Eine Ankündigung erregte besonders mein Interesse.

Athenes Eule-Lese- und Diskussionsgruppe

Mittwochs, 19 Uhr

Fragen Sie an der Kasse nach weiteren Informationen.

Ich marschierte zur Kasse.

„Haben Sie gefunden, was Sie suchten?" fragte Jen.

„Ja. Und außerdem wollte ich mich nach diesem Lesezirkel erkundigen."

Sie zog die Augenbrauen hoch. „Ähm... die Gruppe trifft sich diesen Mittwoch zum erstenmal, und das erste Buch, das wir diskutieren, wird *Rubinroter Dschungel* sein, aber –"

„Dann nehm' ich davon auch noch eins mit."

Das Buch lag im Stapel neben der Kasse, und ich griff mir eins.

Jen besah ihre Fußspitzen. „Ähm... nun... natürlich sind Sie willkommen. Jede Frau, die mitmachen möchte, ist willkommen. Ich fürchte nur, daß Sie sich nicht besonders wohl fühlen werden –"

„Warum nicht? Wenn es darum geht, daß ich in Ihren Augen ungebildet bin –"

„O nein, nein, nichts Derartiges. Es ist nur... Hier. Vielleicht sehen Sie sich die Literaturliste an."

Ich überflog den rosa Zettel. Keiner der Titel sagte mir etwas, bis ich auf einen stieß, der mir klarmachte, worum das ganze Theater ging: *Lesbe/Frau*.

Ich grinste und zeigte mit einem rotlackierten Fingernagel auf das Wort *Lesbe*. „Schätzchen", sagte ich. „Wenn es das ist, was Ihnen Sorgen macht – ich lag schon nackt mit einem Mädchen im Bett, als Sie noch nicht mal ein sündiger Gedanke im Kopf Ihres Vaters waren.“

Ihr Mund formte ein O, dann gingen die Mundwinkel hoch. „Wenn das so ist, dann sehen wir uns wohl Mittwochabend.“

„Das glaube ich auch.“

Ich stolzierte aus dem Laden, meine Hüften schwangen wie schon lange nicht mehr. Den ganzen Weg nach Hause lachte ich in mich hinein über diese niedlichen Kleinen mit ihren kurzen Haaren und Sandalen, die glaubten, sie hätten das Schlafen mit Mädchen gerade erfunden.

Ich blieb die ganze Nacht auf und las den *Rubinroten Dschungel.* Manchmal blätterte ich zurück und las eine Stelle noch mal, nur um sicher zu sein, daß ich sie auch wirklich verstanden hatte. Ich konnte kaum glauben, daß da eine so ehrlich über diese Dinge schrieb. Während ich mit Susan zusammen war, hatte ich einiges gelesen, aber dies war das erste Buch, in dem eine Frau darüber schrieb, Frauen zu lieben und stolz darauf zu sein. Ich hatte so lange Zeit nicht mehr auf diese Weise gedacht, daß es schien, als holte mich das Buch aus dem Koma, in dem ich achtzehn Jahre gelegen hatte.

Am anderen Tag hätte ich bei der Arbeit am liebsten alle, die bei mir Bonbons kauften, gefragt: „Kennen Sie Rita Mae Brown? Haben Sie *Rubinroter Dschungel* gelesen?“ Ich hielt mich gerade noch zurück.

Die Frauen in der Literaturgruppe waren alle unter dreißig, und alle trugen die Uniform der lesbischen Armee. Es ging nicht darum, daß sie butch aussehen wollten; sie wollten weder maskulin noch feminin aussehen, und deshalb sahen sie einfach schmucklos aus.

Ich trug ein gelbes Strandkleid und Sandalen mit Keilabsatz. Meine Zehennägel waren rosa lackiert. Ich fiel auf wie eine Maraschinokirsche in einem Teller Müsli.

Es gab da eine Frau, die ich immerfort ansehen mußte. Sie war gekleidet wie alle anderen, weite Klamotten und flache Sandalen, aber etwas an ihr war anders. Schwere Lider über dunklen Augen ließen sie schläfrig und sexy zugleich erscheinen, und im Kinn hatte sie ein Grübchen wie Robert Mitchum, bloß niedlicher. Alle hatten Kurzhaarfrisuren, aber ihre war die kürzeste. Bis auf ein paar hellbraune Ponysträhnen war sie höchstens einen halben Zentimeter lang. Das Haar sah weich aus, wie der Flaum bei einem Küken. Beim Gedanken, es zu berühren, wurde mir ganz flusig im Bauch.

Sie merkte es auch. Sie hatte mich angesehen, dann auf ihr Buch geblickt, dann inspizierte sie ihre Fingernägel, als gäbe es auf der Welt nichts Spannenderes.

Ich redete mir gut zu: Reg dich ab, sie ist mindestens zehn Jahre jünger als du. Aber es war schon so lange her, daß ich eine angesehen und eine mich angesehen hatte. Es tat gut.

Sie hätten diese Mädchen diskutieren hören sollen. Sie hackten auf dem Buch herum, bis nur noch die Knochen übrig waren. Sie diskutierten über die Hauptperson und ihre Beziehungen zu Männern, über die Darstellung von Heterofrauen, über Browns Kritik am Butch/Femme-Modell. Ich saß da, als hätte ich keine Zunge im Mund. Diese Frauen hatten das College besucht und kannten

Wörter, von denen ich nicht mal wußte, wo ich sie im Lexikon suchen sollte. Ich wußte, daß ich nicht dumm war, aber ich kam mir sehr unwissend vor.

Plötzlich sah die Frau mit dem Grübchen im Kinn mich direkt an. „Und was denkst du?"

Vor Schreck setzte ich mich kerzengerade. „Worüber?"

„Über das Buch. Ich wollte wissen, was deine Meinung dazu ist."

„Oh, mir hat es gefallen. Ich hätte zu meiner Zeit alles dafür gegeben, ein Buch zu lesen, in dem die Heldin lesbisch ist und auch noch glücklich darüber. Am liebsten würde ich Gott auf Knien danken, daß ihr einfach in eine Buchhandlung gehen und ein Buch wie dieses kaufen könnt."

Die Frau, die Jen angepfiffen hatte, weil sie „Ma'am" zu mir gesagt hatte, fragte: „Du meinst wohl die Göttin?"

„Wie bitte?"

„Der Göttin danken statt Gott danken."

„Nun, vielleicht ist es das, was ich sagen wollte."

Die Göttin. Irgendwie gefiel mir das.

Als die Diskussion vorbei war, kam Grübchenkinn schnurstracks auf mich zu. „Ich hoffe, ich habe dich nicht in Verlegenheit gebracht", sagte sie.

„Ach, von Zeit zu Zeit tut das sogar ganz gut."

„Ich wollte nur sicherstellen, daß du Gelegenheit zum Sprechen bekommst. Die anderen kennen sich alle untereinander. Die meisten waren auch schon mal miteinander liiert. Jedenfalls geben sie manchmal einer Neuen keine Chance, auch nur ein Wort loszuwerden." Sie streckte die Hand aus. „Übrigens, ich heiße Deb."

Ich nahm ihre Hand und hielt sie einen Augenblick fest. „Glenda."

„Also, Glenda, was tut eine gutangezogene Dame wie du in einem Buchladen voller Lesben?"

„Ich bin zufällig hierher geraten, auf der Suche nach einem Studienführer für den zweiten Bildungsweg."

„Brauchst du zufällig eine Tutorin? Ich meine, um ein paar wichtige Gebiete aufzupolieren –"

„Das wäre toll", sagte ich und stellte mir vor, was sie mit den wichtigen Gebieten meines Körpers...

„Was ist mit Sonntagabends gegen acht?"

„Das wäre toll."

„Ich schreib' dir meine Adresse auf. Und die Telefonnummer, für den Fall, daß du dich mit mir in Verbindung setzen möchtest."

„Das wäre –"

„Toll", beendete sie lächelnd den einzigen Satz, zu dem ich fähig zu sein schien.

„Genau. Toll."

Deb wohnte in einem heruntergekommenen Holzhaus, das sie sich mit zwei Frauen und so vielen Katzen teilte, daß ich die Übersicht verlor. Eine gelbe Tigerin saß auf der Veranda, als ich an die Tür klopfte, und als Deb aufmachte, rannte sie ins Haus, und eine weiße Langhaarkatze kam heraus. „Hallo, Glenda. Komm rein."

„Ich sehe, du magst Katzen."

„Ja. Die Weiße ist Königin Christine und die gelbe Elizabeth Kitty Stanton."

Als ich eintrat, strich eine kleine schwarze Katze um

meine Füße, ich bückte mich und streichelte ihre Ohren. „Irgendwie habe ich das dumpfe Gefühl, daß sie nicht Blacky heißt."

Deb lachte. „Das ist Hekate. Meistens wird sie He Kätzchen gerufen."

Im Wohnzimmer gab es kaum Möbel, nur große Kissen zum Sitzen und übervolle Bücherregale aus Backsteinen und Holzbrettern. Pflanzen standen auf dem Boden und hingen von der Decke und bildeten einen Dschungel, in dem die Katzen spielten. Auf einer orange gestrichenen Kiste stand ein Plattenspieler.

Ich hätte gern einen Blick auf Debs Schallplatten geworfen, aber ich war so aus allem heraus, daß ich wahrscheinlich keine gekannt hätte.

„Mach es dir bequem, Glenda."

„Danke." Ich setzte mich auf ein Kissen und zog meinen Rock herunter, damit die Unterwäsche nicht zu sehen war. Das nächstemal würde ich eine Hose anziehen.

„Möchtest du einen Tee?"

„Gern."

„Was für einen?"

„Keine Ahnung. Was hast du denn?"

„Mal sehen... es gibt Kamille, Hagebutte, Pfefferminz, Zitronengras, Apfel-Zimt –"

„Ich nehme, was da ist." Bisher hatte ich nur Lipton getrunken.

Während sie nebenan in der Küche werkelte, sagte sie: „Ich hoffe, Sonntag ist für dich okay. Für mich ist es ein guter Abend, weil meine Mitbewohnerinnen nicht da sind, da können wir in Ruhe arbeiten."

Sie wollte mit mir allein sein. Das konnte nur Gutes bedeuten. „Sonntagabend ist ganz prima für mich. Eigentlich ist jeder Abend prima – meine Tanzkarte ist momentan nicht besonders voll, falls du weißt, was ich meine."

Sie brachte auf einem Tablett zwei Becher und einen Teller mit etwas, das aussah wie kleine braune Ziegelsteine, aus der Küche. „Wirklich? Das wundert mich aber."

„Wieso?"

„Ich dachte, du hättest ein reges gesellschaftliches Leben." Sie gab mir einen Becher und einen von den Ziegeln. „Johannisbrotkekse. Hoffentlich schmecken sie dir."

Es schmeckte wie Teer und Tapetenkleister, aber ich kaute darauf herum, als hätte ich nie Besseres im Mund gehabt. „Mmm." Endlich hatte ich den Klumpen hinuntergeschluckt. „Um genau zu sein, müßte ich sagen, ich war für eine Weile aus dem Verkehr gezogen. Aber nun habe ich meinen Sohn aufs College gebracht und versuche wieder mehr rauszukommen."

„Deinen Sohn?"

„Hm."

„Aber ich dachte, du seist lesbisch."

„Schätzchen, auch wir sind nicht steril. Vor fast neunzehn Jahren habe ich mich eines Abends betrunken, und neun Monate später kam Klein-Tommy auf die Welt. Das einzige Mal, daß ich mit einem Mann zusammen war."

„Donnerwetter. Bedauerst du es?"

„Ich bedaure nicht, daß ich Tommy habe. Er ist großartig."

„Donnerwetter", sagte sie noch einmal. „Macht es dir was aus, wenn ich dich was Persönliches frage?"

„Frag nur."

Sie fragte, und ich erzählte. Als ich darauf kam, daß ich Rockabillysängerin gewesen war, fragte sie: „Rockabilly – was ist das?"

„Du liebe Güte." Ich schüttelte den Kopf. „Schätzchen, wie alt bist du?"

„Vierundzwanzig."

„Du hast gerade fertiggebracht, daß ich mich wie deine Großmutter fühle."

„Tut mir leid, Glenda. Aber älter sein ist doch nichts Schlimmes. Es gibt dir Weisheit, Stärke –"

„Ja, ja, ja." Ich wollte nicht, daß sie mich für alt und edel hielt. Sie sollte mich scharf finden. „Du hast bestimmt schon Rockabillysachen gehört. Zagus Peavley zum Beispiel, bevor er zum Film ging."

„Du meinst ‚Rock 'n' Roll Train' und ähnliches?"

„Genau. Das ist Rockabilly. Gefällt es dir?"

„Ich kenne nicht viel davon. Und das Bißchen, das ich kenne, fand ich immer... nun ja, ein bißchen albern."

„Wahrscheinlich hast du recht. Aber was spricht dagegen, von Zeit zu Zeit ein bißchen albern zu sein? Es bewahrt dich vor dem Verrücktwerden." Und dann sah ich etwas in der Ecke. „He, ist das eine Gitarre?"

Sie sprang auf und brachte das Instrument herbei. „Spiel etwas für mich, Glenda. Einen von deinen Hits."

Mit zitternden Fingern stimmte ich die Gitarre. So viele Jahre hatte ich keine in der Hand gehabt. Aber ich wollte sie wohl irgendwie beeindrucken. „Ich bin ein bißchen eingerostet", sagte ich.

Und dann sang ich „Crazy, Baby" und sah ihr dabei in

die Augen. Ich erinnerte mich an jeden Akkord, und ich meinte jedes Wort ernst.

Später kamen wir zu ihr. Sie war die Tochter eines Versicherungsvertreters aus Atlanta und einer Hausfrau, die nicht mehr mit ihr sprachen, seit sie begriffen hatten, daß es bei Deb nie zu Hochzeitsgeläut kommen würde. Sie hatte einen Abschluß in Englisch und arbeitete bei Athenes Eule, während sie überlegte, ob sie das Graduiertenstudium machen sollte. Eine Freundin erwähnte sie nicht, was ich als gutes Zeichen nahm.

„Gehört die Gitarre dir oder einer deiner Mitbewohnerinnen?“ fragte ich.

„Sie gehört mir.“

„Gut. Dann spielst du jetzt etwas für mich.“

„Nein, nein. Ich bin nicht mal halb so gut wie du. Ich mache bloß ein bißchen rum, bringe mir selbst bei, Lieder nachzuspielen, die mir gefallen.“

„Dann spiel ein Lied, das du magst.“

„Kennst du ‚Sisterwoman‘ von Hannah Christenson?“

„Nein. Spiel es.“

Ihr Gitarrenspiel war besser, als sie gesagt hatte, und sie hatte eine hohe, klare Stimme. Der Song, nun, er war nicht gerade das, was mich anmachte, wenn Sie wissen, was ich meine. Er klang getragen und traurig, ich glaube, er handelte von Lesben, aber das war schwer zu sagen, weil es vor allem um Blumen und Flüsse und solche Sachen ging.

„Du spielst wirklich gut“, sagte ich, als sie fertig war.

„He, weißt du, was wir tun könnten?“ antwortete sie ganz aufgeregt.

„Was denn?“ Meine Phantasie überschlug sich.

„Du gibst mir Unterricht in Gitarre im Tausch für meine Nachhilfe.“

„Klar“, erklärte ich, obwohl ich mir nicht sicher war, noch soviel zu wissen, daß ich irgend jemand Unterricht geben könnte.

Deb sah auf ihre Uhr. „Du denkst bestimmt, was für eine Nachhilfe? Es ist gleich elf, und wir haben kein bißchen getan.“

„Das ist schon in Ordnung. Vielleicht war es gut, sich erst mal kennenzulernen.“

„Ja, und beim nächstenmal fangen wir gleich mit dem Pensum an.“ Sie lächelte und tätschelte meine Hand. „Oder sagen wir, eine halbe Stunde Nachhilfe für eine halbe Stunde Quatschen.“

„Das hört sich vielversprechend an.“ Obwohl sie ihre Hand längst zurückgezogen hatte, fühlte ich immer noch die Berührung. „Aber jetzt muß ich gehen. Ich muß morgens früh zur Arbeit. Danke für den Tee und für das Gespräch. Ich habe mich wohlgefühlt.“

„Ich mich auch. Sehe ich dich Mittwoch in der Lesegruppe?“

„Du siehst mich.“

20

Deb trieb mich zum Wahnsinn. Jeden Mittwochabend saßen wir zusammen in der Lesegruppe, jeden Sonntagabend besuchte ich sie, wir arbeiteten, spielten Gitarre und redeten, bis wir schwarz wurden. Sie war schlagfertig wie eine Peitsche, redete über Abtreibungsparagraphen und vegetarische Lebensweise und den Mythos vom vaginalen Orgasmus.

Das Problem war, daß mir lieber gewesen wäre, wenn sie aufgehört hätte zu reden und mich statt dessen auf diese Kissen am Boden gezogen hätte. Ich wollte ihre innere Butch ans Licht bringen.

Meistens hatte ich das Gefühl, die Arme hatte keine Ahnung. Ich konnte dasitzen und sie mit absoluter Lust betrachten, und sie redete darüber, daß Frauen genausoviel Recht hätten, oben ohne zu gehen, wie Männer. Ich dachte, *ziehen wir unsere Hemden aus, jetzt, sofort!*

Aber irgend etwas hielt mich zurück. Ich weiß nicht, ob es die Angst war, zurückgewiesen zu werden, oder daran lag, daß ich eine altmodische Femme bin.

An dem Tag, an dem ich mein Examen bestand, beschloß ich, es darauf ankommen zu lassen. Nachdem ich Tommy angerufen und ihm gesagt hatte, daß seine Mama jetzt Highschoolabsolventin war, wählte ich Debs

Nummer und lud sie ein, am Abend zu mir zu kommen und die Sache zu feiern. Danach ging ich meine Garderobe durch.

Meine Kleider machten einen schäbigen Eindruck, und meine Unterwäsche war in wirklich beklagenswertem Zustand. Nach neunzehn Jahren allein schlafen besaß ich nur abgetragene weiße Baumwollschlüpfer. Meine Büstenhalter hatten den Sexappeal einer Hängebrücke.

Ich nahm den Bus in die Innenstadt, bereit, mehr Geld auszugeben, als ich besaß.

Ich kaufte einen schwarzen Büstenhalter, ein schwarzes Höschen, einen schwarzen Hüfthalter und schwarze Strümpfe. Ich probierte ein tief ausgeschnittenes ärmelloses schwarzes Kleid, das knapp über den Knien endete. Ich blickte in den Spiegel der Anprobekabine. Für eine mittelalterliche Mama sah ich nicht mal so übel aus.

Ich kaufte das Kleid und legte die Rechnung ins Portemonnaie. Wenn es auf Deb nicht wirkte, konnte ich es immer noch umtauschen.

Auf dem Heimweg besorgte ich eine Flasche Champagner; ich stellte mir nämlich vor, wenn eine Flasche Pritzelwasser Zagus Peavley geholfen hatte, eine Lesbe auf seinen Rücksitz zu kriegen, könnte sie bei Deb vielleicht auch helfen.

Als sie an die Tür klopfte, hatte ich jeden Zoll an mir geschniegelt und geputzt. Ich trug die ganze Aufmachung: schwarzes Kleid, schwarze Unterwäsche und eine Perlenkette, die nun wirklich von Woolworth's war.

„Wow, Glenda, toll siehst du aus."

Sie sah auch nicht schlecht aus in ihrem weißen Baumwollhemd und hellen Jeans. Und darunter hatte sie sichtbar eine prima Figur.

„Ich dachte, jetzt nach dem Schulabschluß könnte ich mich ruhig etwas raffinierter kleiden. Trinkst du Champagner?“

„Nicht regelmäßig, aber wir haben was zum Feiern, stimmt's?“

Der Korken ploppte aus der Flasche und traf das Fenster. Wir lachten.

Ich füllte zwei Wassergläser. „Tut mir leid, aber ich habe nicht die richtigen Gläser.“

„Gut zu wissen, daß deine Raffiniertheit ihre Grenzen hat.“ Sie trank. „Lieber Himmel, Glenda, du siehst wirklich fabelhaft aus.“

Ich sah auf ihr Grübchen im Kinn. „Du siehst immer fabelhaft aus.“ Ich schluckte den Champagner runter, um mir Mut zu machen. „Deb, wirklich, ich weiß zu schätzen, was du für mich getan hast. Nicht nur die Hilfe beim Lernen, sondern auch, daß du meine Freundin bist. Es war nicht so einfach mit Tommys Weggang und meinem Versuch, dahin zurückzukehren, was Octavius ‚das Leben‘ nannte.“

Irgendwann während meiner kleinen Rede hatte ich meine Hand auf Debs Schulter gelegt. Sie neigte sich zu mir und küßte mich, und damit war die Rede zu Ende.

Ich fiel in ihren Kuß wie in einen tiefen, dunklen Brunnen, und sie öffnete den Reißverschluß meines Kleides, und ich führte sie in mein Schlafzimmer und zog sie aufs Bett. Ihre Hände fuhren über meine Strümpfe hoch zu meinen Hüften, und schon waren das neue Kleid und die neue Unterwäsche Göttin weiß wohin geworfen und ihr Hemd samt Jeans ebenfalls. Sie küßte meine Brüste und meinen Bauch, ihre Zunge leckte mich flink mal hier, mal da, sie glitt an mir hinunter, hinunter, hinunter, bis ich unsicher wurde und fragte: „Was tust du?"

„Weißt du das nicht?"

„Nein, aber... ach, Schatz, mach einfach, was du willst."

Und dann war da nichts außer ihr auf mir wie das Wasser, das im Fluß über die Kiesel rinnt, und ich trieb im Wasser, schwebte, flog. Und dann wurde alles schwarz, und in meinem Kopf war nichts außer einer Musik, die ich noch nie gehört hatte.

21

Nachdem Deb eingeschlafen war, schlich ich auf Zehenspitzen ins Wohnzimmer, nahm Notizblock und Kugelschreiber, die neben dem Telefon lagen, und schrieb dies Lied.

Well, Daddy worked in the coal mines,
And Mama was chained to the stove.
But me, I wanted more than that,
And so I hit the road.
My rockin' days, they went real fast,
And they were over much too soon,
But that was just one phase of the moon.

Well, life it goes in circles,
It waxes and it wanes.
One minute you're full of hope,
And the next you are a sliver of pain.
But the good times'll come round again,
And never a minute too soon,
If you just follow the phases of the moon.

Well, I raised my son the best I could,
Working for minimum pay.

But between the diapers and the teenage years,
I lost myself along the way.
But now I've found a good woman's love,
And I'm singing a happy tune.
I'm entering a new phase of the moon.

Musik und Worte strömten aus mir heraus, als hätte ich nie etwas anderes gemacht. Ich kroch zurück ins Bett, kuschelte mich an Deb und fiel in einen tiefen, glücklichen Schlaf.

Am Morgen stand ich als erste auf, machte Brötchen und Kaffee und brachte alles ans Bett.

Wer nicht auf dem Land großgeworden ist, hält selbstgebackene Brötchen für ein Wunder. Deb lächelte verschlafen und süß und sagte: „Unglaublich, daß du extra aufgestanden bist und für mich *gebacken* hast."

„Schatz, das ist noch nicht alles." Ich rannte ins Wohnzimmer und holte meine Gitarre. „Außerdem hab' ich etwas geschrieben."

Auf dem Bettrand sitzend, spielte ich ihr meinen neuen Song vor. Meine Stimme war in Hochform und ganz anders als die sprudelnde Limonadenstimme, die ich als Mädchen gehabt hatte. Sie war tief und voll wie schwarzer Kaffee.

Als ich fertig war, sagte Deb: „Das hast du geschrieben, nachdem wir gestern abend –"

„Ja." Ich gab ihr einen Kuß. „Scheint, als hättest du mich inspiriert."

„Wow, bisher war ich noch nie jemandes Muse."

Natürlich mußte sie mir erklären, was eine Muse ist,

und als sie das getan hatte, sagte ich: „Du kannst noch viel mehr sein."

„Was meinst du?"

„Wetten, daß das Lied noch viel besser klingt, wenn du mich auf deiner Gitarre begleitest."

So fing es an, daß wir zusammen spielten.

Ich habe ja schon gesagt, daß die einzigen Dinge, die es wert sind zu leben, die Musik und die Liebe sind. Mit Deb hatte ich beides.

Ich schrieb ein ganzes Notizbuch voll, und wir spielten in Frauenbars und bei Frauenfesten und privaten Partys. Zum erstenmal machte ich Musik für Frauen, die dazu mit Frauen tanzten.

Deb und ich fanden eine hübsche kleine Wohnung. Sie hatte eine Terrasse, auf der Deb ihre Pflanzen unterbringen konnte, eine große sonnige Küche und ein Zimmer für Tommy, wenn er zu Besuch kam. Ich kündigte bei Woolworth's und fand einen Job im Füllhorn-Bioladen. Nun wog ich statt Früchtedropsen und Erdnüssen mit Schokoladenüberzug Linsen und Couscous in Tüten ab.

Aber glauben Sie bloß nicht, daß ich mich völlig veränderte, nur um zu den Frauen um mich zu passen. Die Lesbenuniform habe ich nie gekauft, und ich hab' auch nicht mein Haar kurzgeschnitten. Ganz im Gegenteil ließ ich es wachsen, wild und lang fiel es auf meinen Rücken. Ich bemalte mich nicht mehr soviel wie früher, aber wenn ich auftrat, tat ich etwas Farbe auf meine Lippen und um die Augen.

Deb scherzte immer, daß wir auf der Bühne zu sehr wie Butch/Femme aussahen. Dann pflegte ich zu sagen:

„Du magst zwar die Butch sein, Schatz, aber du spielst die Begleitung – führen tu ich."

Jeden Sonntag kamen die Frauen von Athenes Eule zum Abendessen zu uns. Sie waren alle Vegetarierinnen, und so kochte ich für gewöhnlich Bohnen, die ich aus dem Füllhorn mit nach Hause brachte.

Manchmal ging ich beim Schlachter vorbei und kaufte eine Lammhaxe und kochte sie mit den Bohnen zusammen. Die Haxe gab ich den Katzen, bevor die Frauen kamen, und dann trug ich die „vegetarischen" Bohnen und dazu selbstgebackenes Maisbrot auf.

Und alle konnten sich gar nicht wieder einkriegen, wie gut es schmeckte.

Epilog

Ich denke, Sie wissen, was dann passierte, sonst würden Sie ja nicht hier sitzen und mich ausfragen. Deb und ich bekamen einen Vertrag von Lavender Note Records. Bis jetzt haben wir drei Langspielplatten gemacht, und natürlich spielen wir auf allen Frauenmusikfestivals. Die Frauen lieben uns.

Wissen Sie, die Frauen hören meistens nette leise Musik, und dann kommen Deb und ich und stürmen die Bühne. Bei einem unserer Auftritte haben die Frauen in der ersten Reihe ihre Hemden ausgezogen und auf die Bühne geworfen. Über vierzig zu sein, und dann werfen Kinder mit ihren Kleidern nach dir, Gott, das hat schon was! Ich dachte, ich mache mir in die Hose vor Freude.

Was mich wirklich überrascht hat, war, wie viele mich noch von früher kannten. Bei einem Festival kam eine Frau auf mich zu und sagte: „Ich weiß noch, wie ich zum erstenmal ‚Crazy, Baby‘ im Radio hörte. Es hat mein Bewußtsein verändert. Was ich sagen will – natürlich kannte ich Frauen, die singen konnten, aber ich hatte noch nie eine Frau rocken gehört."

Irgendwie bin ich auch jedes Mal berührt, wenn jüngere Sängerinnen mir sagen, wie ich für sie den Weg bereitet hätte. Vor allem die lesbischen. Zum Beispiel diese

Dunkelhaarige, die gerade so populär ist – sie kam, um Deb und mich zu hören, und hinterher besuchte sie uns in der Garderobe und sagte: „Miss Mooney, Sie sind mein Idol. Ich singe auch, wissen Sie. Können Sie mir irgendeinen Rat geben?"

Ich sagte, da fiele mir nichts ein, sie hätte eine wunderbare Stimme, aber wenn ich soviel Geld machen würde wie sie, würde ich von Zeit zu Zeit ein *glückliches* Lied singen. Das war ein gewaltiger Anstoß für sie.

Und jetzt gibt es Leute, die mich in die Ruhmeshalle des Rock 'n' Roll bringen wollen.

Es würde mich überraschen, wenn das gelingt, aber es ist so süß, daß sie an mich gedacht haben. Und Sie wollen mich in Ihrem Buch unterbringen. Wie heißt es doch gleich? Ach ja, *Lesben im Rock 'n' Roll. Frauengeschichte.*

Ich weiß nicht, ob Sie das auch schreiben wollen, aber als stolze Mutter muß ich Ihnen noch sagen, daß Tommy jetzt Arzt in Lexington ist – Kinderarzt. Seine Frau ist ebenfalls sehr patent, sie arbeitet in einem Frauenhaus, und sie macht mich demnächst zur Großmutter. Beide lieben Deb heiß und innig und sagen immer, wie gut ihr Baby es mit zwei Großmüttern haben wird.

Zagus Peavley starb 1982. Er wurde fünfundvierzig Jahre alt. Gleich nach seinem Tod wurden alle seine Filme noch einmal im Fernsehen gezeigt, und ich begriff, warum Tommy so gelacht hatte, als ich ihm sagte, wer sein Vater war.

Zagus war nur noch eine dicke, aufgeblasene, schwitzende, von Drogen aufgeschwemmte Karikatur seiner selbst. Da war nichts mehr von dem Strahlenden des jungen Mannes, den ich vor so vielen Jahren in Dallas kennenlernte.

Er ließ zu, daß diese Hollywood- und Las Vegas-Typen seine Seele aussaugten und durch Plastik und Dollars ersetzten. Über all dem vergaß er, worum es im Rock 'n' Roll geht: um Freiheit.

Was mich betrifft, es gibt nichts in meinem Leben, das ich zurücknehmen würde, wenn ich könnte. Denn ich habe in meinem Leben viel von den zwei Dingen bekommen, die wichtig sind.

Vielleicht sind es auch drei.

Musik, Liebe und Freiheit.

...immer noch die bessere Unterhaltung

Claire McNab

Unter dem Kreuz des Südens

Eine Liebesreise durch den Outback Australiens.

ISBN 3-88104-247-4

Claire McNab

Stummes Herz

Nur Liebe kann die Vergangenheit heilen.

ISBN 3-88104-269-5

Diane Salvatore

In Liebe, deine Sina

Ein Schlüsselroman wie Rita Mae Browns *Tennisspielerin.*

ISBN 3-88104-232-6

Diane Salvatore

Paxton Court

Ein lesbisch-schwules Rentneridyll: komisch, chaotisch und tragisch.

ISBN 3-88104-276-8

Simmonds

Billaluna

Zwei Frauen am Rande der Welt.

ISBN 3-88104-289-X

Verlag Frauenoffensive